Hier im Regen

Der Autor dankt der Fachstelle Kultur des Kantons Zürich,
dem Stuttgarter Schriftstellerhaus und den Autören.

2. Auflage

Satz: Media Design: Rizner.at, Salzburg
Druck: CPI Moravia Books, Pohorelice
ISBN 978-3-902497-50-5

LORENZ
LANGENEGGER

Hier im Regen

Roman

JUNG
UND
JUNG

Für Nina

Eines Tages, unschlüssig, was ich mit meiner Zeit anfangen sollte, beschloss ich, einige Stunden in der Gare de Lyon zu verbringen.

Emmanuel Bove, *Meine Freunde*

I

Wenn Jakob Walter erwacht, ist um ihn herum erst einmal nichts. Die ersten Sekunden des Tages, in denen die einen den Schattengestalten ihrer Träume begegnen, andere im Kopf bereits Unerledigtes auflisten und ihr Tagwerk vorbereiten, braucht Walter, um sich im Schlafzimmer seiner eigenen Wohnung zurechtzufinden. Es ist ihm, als ob er jeden Tag zum ersten Mal in diesem Doppelbett neben Edith erwachen würde. Stück für Stück setzt er die altbekannte Welt zusammen. Die Hand seiner Frau greift über ihn hinweg und stellt das Klingeln des Weckers ab. Sie steigt aus dem Bett, fast nackt, aber noch ganz ohne Bewusstsein für ihren Körper. Das Licht im Flur geht an und wirft einen ersten Fleck von Tag durch die offene Tür aufs Bett. Walter schlägt die Decke zurück und setzt sich auf. Seine müden Augen mustern die wenigen Gegenstände des Schlafzimmers und ordnen sie ein in den neuen Morgen. Die ebenmäßig weiße Schiebetür von Ediths Kleiderschrank bietet seinen Augen keinen Halt. Aus der Decke ragen drei Drähte, da wo eine Lampe hingehört. In der Ecke neben dem Fenster steht der Stuhl mit seinen Kleidern.

Es ist Freitag, ein weiterer gewöhnlicher Tag in seinem Leben, und es gibt keine Anzeichen dafür, dass er sich auf Überraschungen gefasst machen müsste. Er will schon aufstehen, den Schlaf in Gestalt der im Bett gespeicherten Wärme hinter sich lassen und den Tag beginnen, als ihm eine Ungewöhnlichkeit ins Auge sticht. Auf dem Stuhl mit seinen Kleidern liegt ein fremdes Kleidungsstück. Nie hat er einen Pullover mit einem solchen Muster getragen, und doch weiß er mit Sicherheit, dass niemand außer ihm Kleider auf diesen Stuhl ablegt. Edith hängt ihre ordentlich in den Schrank. Walter steht auf und indem er sich dem Stuhl nähert, erkennt er, dass er am gestrigen Abend beim Überstreifen des Pullovers einen Ärmel verdreht hat und dieser nun aus dem Halsausschnitt hervorschaut. Die Rückseite des Ärmels hat ihn getäuscht. Er dreht den Ärmel um und legt den Pullover zurück auf den Stuhl. Er ist froh, dass sich das Rätsel um den fremden Pullover so schnell geklärt hat, nicht auszudenken, was ein fremder Pullover auf seinem Stuhl hätte auslösen können. Er hätte Edith bezichtigt, dass sie in irgendeiner Form mit fremden Männerpullovern zu schaffen habe. Sie hätte ihm heftig widersprochen und er hätte ihr glauben müssen, weil es keine schlechtere Lügnerin als Edith gibt. Das aber hätte zur Folge, dass es eine Verbindung zwischen ihm und dem Pullover gäbe, weil sich außer Edith und ihm noch nie eine Drittperson in ihrem gemeinsamen Schlafzimmer der Kleider entledigt hat. Walter bricht das Gedankenspiel ab. Er mag sich nicht ausmalen, was es bedeuten würde, wenn er der Integrität und Einheit seiner Person nicht mehr trauen könnte. Gestern schon hat er sich den ganzen Abend mit einer unangenehmen Frage herumgeschlagen, erinnert er sich, heute will er unbeschwert zur Arbeit gehen.

Mit der Erinnerung an die unangenehme Frage stellt sich selbige aber auch schon wieder ein, ganz von selbst, er kann es nicht verhindern. Ich weiß es nicht, möchte er rufen, keine Ahnung, weshalb ich in dieser Stadt lebe, stattdessen zieht er sein Pyjama aus. Entblößt trete ich der Frage entgegen, denkt er, und sie hat die Unverschämtheit zu bleiben, irgendein Motiv muss es schließlich geben, ein Mensch lebt nicht grundlos an einem Ort, er kann sich bewegen. Die Sesshaftigkeit, der das Menschengeschlecht so viel zu verdanken hat, löst sich nach vielen tausend Jahren Beständigkeit langsam wieder auf. Walter nimmt ein Hemd vom Stuhl, schlüpft hinein und knöpft es zu. Es bleibt ihm nichts anderes übrig, er wird sich während des Frühstücks und vermutlich, zumindest am Vormittag, auch bei der Arbeit damit beschäftigen müssen, weshalb er in Bern lebt. Wenn er Pech hat, wird ihm die Frage auch nach dem Mittagessen nicht aus dem Kopf gegangen sein, und ist es einmal so weit, wird er sich auch abends nur schwer auf etwas anderes konzentrieren können. Ein Ärger diese Frage, gestern war sie plötzlich da, heute zerrt ihn der Wecker aus dem Nichts an die Oberfläche des Tages, er wird von einem vermeintlich fremden Pullover abgelenkt, und schon hat sie sich zurück in sein Bewusstsein gedrängt. Während er den Ledergürtel durch die Schlaufen seiner Hose zieht, lobt er still für sich jene bescheidenen Fragen, die mit ja oder nein beantwortet werden können. Egal wie kompliziert sie im ersten Moment daherkommen, es gibt nur zwei mögliche Antworten.

Regentropfen trommeln in regelmäßigen Abständen auf den Sims vor dem Küchenfenster. Walter reibt sich die Stirn und schlürft Tee. Es ist eine schlechte Angewohnheit, das Tee Schlürfen, er ist kein geduldiger Mensch. Das wäre eine angenehme Frage zum Aufstehen: Wie wird das Wetter heute? Oder im Fall dieses Sommermorgens: Ob es immer noch regnet?

Es ist der fünfte Tag in Folge, und die Meteorologen haben weitere heftige Regenfälle angekündigt. Walter schüttelt den Kopf. Ob eine schwierige Frage einfacher wird, wenn er sie mit jemandem teilt? Edith steht am Herd und kocht Kaffee. Er hört sie einen Popsong summen, der seit ein paar Wochen in aller Munde ist, und beschließt, sie mit seiner Frage nicht zu behelligen. Sie kocht Kaffee für mich, denkt Walter. Er könnte den Kaffee selber kochen und Edith dafür mit seiner Frage konfrontieren, aber er glaubt, ihre praktischen Antworten bereits zu kennen. Sie würde lachen und leicht verständliche Worte wie Freunde, Umfeld und Arbeit sagen, womit das Thema für sie erledigt, ihm aber in keiner Weise geholfen wäre. Er verwirft den Gedanken, in die allmorgendliche Ordnung einzugreifen.

– Es regnet immer noch.

Walter steht auf und schlüpft in seine Hausschuhe, als ob der Bemerkung zum Regen die Aufforderung zugrunde liege, die Zeitung zu holen.

Im Treppenhaus riecht es nach Seife. Das muss Frau Breitenstein sein, sie wohnt einen Stock höher und kann seit dem Tod ihres Mannes nicht mehr schlafen. Früher wurde Walters Schlaf von ihren nächtlichen Wanderungen durch die Wohnung gestört, inzwischen hat er sich an die dumpfen Aufschläge ihrer behäbigen Schritte, an das Knarren der Türen, das Plätschern der Wasserspülung und an die unverständlichen Wortfetzen aus dem nächtlichen Fernsehprogramm gewöhnt. Es erstaunt ihn nicht, dass sie im Treppenhaus feucht aufwischt, bevor es draußen ganz Tag geworden ist. Der erste helle Streifen am Horizont erlöst Frau Breitenstein von der quälenden Untätigkeit in der Nacht, und sie nimmt erleichtert die Arbeit auf.

Walter geht die Treppe hinunter und öffnet den Briefkasten. Er ist leer. Auch im Briefkasten seines Nachbarn Moser liegt keine Zeitung. Möglich, dass er sie bereits auf dem Küchentisch ausgebreitet hat und liest. Es kommt vor, dass der Austräger einen Briefkasten vergisst, das ist nicht persönlich zu nehmen, denkt Walter, da kommt ihm Moser auf der Treppe entgegen.

– Hast du deine Zeitung heute bekommen?

Moser in Turnhose und Joggingschuhen lächelt ihn an. Der rennt durch den Regen, denkt Walter.

– Sag mal, heute ist der 1. August. Da gibt's keine Zeitung.

Und weg ist Moser, im Laufschritt durch die Tür. Nationalfeiertag, denkt Walter, natürlich. Er steigt die Treppe wieder hoch. Schon auf dem ersten Absatz vor einer der vergilbten Schwarz-Weiß-Fotografien, auf denen Berggipfel, Brücken und Eisenbahnen abgebildet sind und die das Treppenhaus seit mehreren Jahrzehnten zieren, besetzt die Frage, auf die er keine Antwort weiß, seinen Kopf erneut.

Edith gießt das kochende Wasser in den Kaffeefilter. Sie hat einen Apfel und eine halbe Melone aufgeschnitten.

– Was hast du gemacht?

– Die Zeitung geholt.

– Ist denn eine gekommen?

– Eben nicht.

– Möchtest du ein Ei?

Walter schüttelt den Kopf. Der Wecker hat geläutet, wie er immer läutet, wie gestern und vorgestern, obwohl er heute frei hat.

– Weshalb sind wir so früh aufgestanden?

– Ich fahre nach Hause. Das habe ich dir doch gesagt.

Walter staunt immer wieder, mit welcher Selbstverständlichkeit seine Frau von zu Hause spricht, wenn sie zu ihren Eltern fährt.

– Was ist mit dir los? Ist es immer noch die Schildkröte, die dir nicht aus dem Kopf will?

Edith stellt Walter ein weiches Ei auf den Teller und hält in ihrem ansonsten reibungslosen Ablauf von Frühstückshandlungen einen Moment inne, um ihn zu mustern. Er schüttelt den Kopf und sie wendet sich wieder dem Kaffee zu, nimmt den Filter von der Kanne und stellt ihn in den Ausguss. Die zwei dunklen Tropfen, die daneben gehen, reibt sie mit dem Zeigefinger ins Holz der Ablage.

– Was hast du heute vor?

Bis vor wenigen Minuten hat Walter vergessen, dass er heute nicht wie jeden Tag ins Büro fahren wird. Edith kann nicht von ihm erwarten, dass er die Angelegenheit eines arbeitsfreien Tages auf dem Weg vom Briefkasten zum Küchentisch löst, außerdem weiß sie, dass er an freien Tagen selten ausgeht, schon gar nicht alleine. Wenn Edith vorschlägt, ins Kino oder Museum zu gehen, geht er mit. Anders verhält es sich mit Tagen, an denen Edith zu ihren Eltern fährt und er einen freien Tag für sich hat. Normalerweise freut er sich im Voraus auf solche Tage, neigen sie sich dem Ende zu, ist er froh, kommt Edith wieder nach Hause und befreit ihn von der Last, seine Freizeit sinnvoll gestalten zu müssen. Wenn heute der 1. August ist und morgen Samstag, dann stehen ihm jetzt drei freie Tage bevor, das ist eine lange Zeit, er kann beim besten Willen nicht jetzt schon darüber Auskunft geben, wie er vorhat, sie zu verbringen. Walter zuckt mit den Schultern. Es wird ihm klar, dass es mit seiner Laune nicht zum Besten steht und Edith nichts dafür kann. Es ist der vermeintlich fremde Pullover, die unangenehme Frage, der anhaltende Regen, die fehlende Zeitung oder eine Kombination aus verschiedenen Faktoren, die seine Laune ungünstig beeinflusst.

– Du bleibst über Nacht?

– Morgen gegen Abend bin ich zurück.

Edith bleibt immer über Nacht. Ihre Eltern wohnen in Winterthur. Es lohne sich nicht, so ihre Begründung, wenn sie nicht über Nacht bleibe, müsse sie gleich wieder los, kaum sei sie angekommen.

Walter spielt mit dem ausgegessenen Ei. Er zieht die dünne Haut von der Innenwand der Schale ab und rollt sie zwischen den Fingern zu kleinen Würstchen. Er hört, wie Edith im Schlafzimmer den Reißverschluss ihrer Tasche aufzieht und die Schranktür öffnet. Vielleicht hätte er sich der gestrigen Frage entziehen können, wenn er nicht auf der Bettkante sitzen geblieben, wenn er gleich aufgestanden wäre und sich unter das warme Wasser der Dusche gestellt hätte. Es ist ein Fehler, sich erneut darauf einzulassen, weshalb er in dieser Stadt lebt. Mit zwanzig ist er nach Bern gezogen, dieses Jahr wird er dreißig. Mit jedem Jahr ist sein Bewusstsein dafür gewachsen, dass er im Gegensatz zu Edith, die etwa gleichzeitig in die Hauptstadt gekommen ist, nicht dazugehört. Er besucht keine Konzerte von lokalen Musikgruppen. Er spaziert nicht auf dem Gurten. Er schwimmt nicht in der

Aare und macht an ihrem Ufer nur auf Ediths wiederholten Wunsch ein Feuer, über dem sie mit Hilfe von angespitzten Haselruten Würste braten. Die Frage, weshalb er in Bern lebt, überfordert ihn, nur schon die nackte Frage, wie sie dasteht, kann er nicht beantworten, ganz zu schweigen von der Folgefrage: Wo will er leben, wenn er nicht in Bern leben will?

Walter steht abrupt auf. Der Stuhl kippt bedrohlich, fällt aber nicht, sondern wird von ihm an den Tisch zurückgeschoben. Er räumt die Teller ab und stellt die Butter in den Kühlschrank. Die ersten Jahre hat er einfach so in Bern gewohnt und gearbeitet, niemand hat danach gefragt, weshalb oder ob er gerne in Bern lebt. In letzter Zeit aber ist das Unbehagen gewachsen und hat sich gestern Abend schließlich in einer Frage formuliert, die ihm nicht mehr aus dem Kopf geht.

– Im Kühlschrank sind noch die Nudeln von gestern.

Edith kommt mit der Tasche in der einen und einem Schirm in der anderen Hand in die Küche. Walter gibt ihr einen Kuss und Grüße an die Eltern mit auf den Weg, und sie wünscht ihm einen schönen Tag.

Kurz nachdem seine Frau die Wohnung verlassen hat, klingelt es an der Tür. Walter überlegt sich, wer das sein könnte und ob er öffnen soll. Es klingelt ein zweites Mal. Moser steht vor der Tür. Sein Kopf ist rot und das Leibchen von Schweiß und Regen durchnässt. Er drängt sich in die Wohnung, kaum hat Walter die Tür geöffnet.

– Ich habe Edith auf der Straße getroffen. Sie hat mir erzählt, dass sie zu ihren Eltern fährt, da habe ich mir gedacht … Was machst du heute Abend?

– Keine Ahnung.

Walter befürchtet, dass auf sein Schulterzucken hin eine Einladung ausgesprochen wird, aber es fällt ihm keine bessere Antwort ein.

– Wir wollen runter an die Aare. Ins Eichholz. Wenn du Lust hast.

– Bei diesem Wetter?

– Soll gegen Abend besser werden. Der Kleine hat in der Schule Schiffchen gebastelt, die man mit einer Kerze drin aufs Wasser setzt. Er war ganz verrückt danach. Hat über zwanzig gemacht.

Der Kleine ist Mosers Sohn. Er lebt zusammen mit seiner Mutter zwei Straßen weiter. Edith ist mit der Mutter schon länger befreundet.

– Dazu ein Feuerchen, etwas zwischen die Zähne und, wenn es dunkel ist, die eine und andere … Du weißt schon.

Moser ahmt mit den Händen eine Explosion und den darauf folgenden Funkenregen nach. Die Vorfreude ist ihm anzusehen. Wenn er nicht gerade verschwitzt in Walters Wohnung steht und sich bemüht, gute Laune zu verbreiten, ist Moser ein angenehmer Nachbar.

– Sag mal, Jakob, geht es dir gut?

Walter schüttelt den Kopf.

– Moritz ist gestorben.

Moser legt seinem Gesicht so viel Würde auf, wie es sein Zustand erlaubt.

– Wer ist Moritz?

– Meine Schildkröte.

Moser ist erleichtert. Er hält die angestrengte Ernsthaftigkeit in seinen Zügen nicht länger aufrecht.

– Edith hat mir davon erzählt.

Vor einer Woche lag Moritz reglos unter dem Balkontisch. Walter hat sich nichts dabei gedacht, erst als die Salatblätter abends, als er von der Arbeit nach Hause kam, unberührt waren, hat er die Schildkröte angestupst. Sie hat keinen Wank gemacht. Plötzlicher Schildkrötentod. Am Tag zuvor war sie noch munter und hat gefressen. Sie war auch erst zehn Jahre alt, kein Alter für eine Schildkröte.

– Wir gehen gegen sieben los. Kannst es dir überlegen.

Walter dankt für die Einladung und wartet, bis Moser die Wohnung verlässt, dann öffnet er das Fenster, um den Geruch nach Sport zu vertreiben.

Walter spült das Frühstücksgeschirr, dann zieht er Schuhe und Jacke an, nimmt einen Schirm aus dem Ständer und verlässt die Wohnung. Vielleicht kann ihn ein Spaziergang durch die Stadt zerstreuen. Er schlendert los und weicht dem offenen Lieferwagen des Hauswartes aus, der auf dem Gehsteig parkt. Zu zweit setzen sie der Eibe an der Ecke zu, die jedes Jahr einen neuen Versuch macht, über den Zaun hinweg auf die Straße hinaus zu wachsen. Seit fünf Jahren freut sich Walter jeden Sommer über die kleine Unordnung an der Straßenecke, wenn es der Eibe gelungen ist, ein Stück des öffentlichen Raums einzunehmen, fünf Jahre, so lange wohnt er schon im Breitenrain, so lange ist er mit Edith verheiratet.

Noch bevor sie sich richtig kennen gelernt hatten, hat Edith ihn dazu gedrängt, ein Studium aufzunehmen. Du hast alle Voraussetzungen dazu, hat sie gesagt, mit deinen Möglichkeiten säße ich schon längst im Hörsaal. Edith hat eine Bürolehre gemacht, eine Büroleere, denkt Walter, für ein Studium fehlt ihr die Matura. Sie sei zu alt, sagt sie. Walter war vor fünf Jahren ihrer Meinung nach im besten Alter. Er sei nicht mehr zwanzig, wisse, was er wolle, und ziehe das durch, waren ihre Worte. Weil er nicht so genau wusste, was es war, was er wollte, überzeugte Edith ihn von den Vorzügen eines Jurastudiums. Anfangs hat er sich ehrlich bemüht. Er hat die Vorlesungen und Seminare regelmäßig besucht und die Bücher gelesen, die auf den Literaturlisten standen. Seinen Mitstudenten ging er aus dem Weg. Die meisten waren deutlich jünger als er. Sie studierten Anzeigen für Zimmer in Wohngemeinschaften, sie organisierten Lerngruppen und Lektürezirkel. Die Gruppe war die vorherrschende Organisationsform der Studenten. In einer Zeitschrift las Walter, dass die Universität einer der wichtigsten Heiratsmärkte sei, ein Großteil der Studenten lerne ihren späteren Lebenspartner während des Studiums kennen. Weil er bereits verheiratet war und im zweiten Semester, entgegen Ediths Versprechen, nicht alles besser wurde, brach er sein Studium nach einem Jahr ab. Eine goldene Zukunft konnte nicht sein, was Edith sich von ihm erhoffte, und doch hatte sie ein Auge auf ihn geworfen, lange bevor er auf sie aufmerksam wurde. Sie saß damals noch am Empfang des Finanzamtes, Tag für Tag ist er an ihr vorbeigegangen, zuerst als Aushilfe, später als Sachbearbeiter.

Am Bahnhof stellen sich Walter zwei Kinder mit einer Kartonschachtel in den Weg. Sie wollen ihm ein Erstaugustabzeichen verkaufen. Der Erlös geht an eine Organisation, die damit etwas Gemeinnütziges unterstützt. Die Kinder widersprechen einander in ihren eifrigen Anpreisungen. Walter ist nicht geübt im Umgang mit Kindern. Er möchte gerne dankend ablehnen und weitergehen, findet aber nicht die richtigen Worte, also drückt er den Kindern das Geld in die Hand und nimmt das Abzeichen entgegen. Die Kinder lassen wie erwartet von ihm ab und stürzen sich auf den nächsten Passanten. Unschlüssig hält Walter das Abzeichen in der Hand. Ein geschwungenes weißes Kreuz auf rotem Grund. Vor dem nächsten Abfalleimer zögert er, steckt das Abzeichen dann aber doch in die Jackentasche.

Der Regen hält an, und Walter stellt sich vor, wie die Mosers abends mit Schirmen am Aareufer stehen werden, wie der Regen die Kerzen nach wenigen Metern auslöscht und die Schiffchen, begleitet von den Tränen des Kleinen, im schwarzen Wasser untergehen. Wenn das Wetter tatsächlich besser wird, geht er mit, nimmt er sich vor. An einem Feuer stehen, hin und wieder einen Ast nachlegen, dazu ein Bier trinken und zwischen den Wolken Sterne suchen, das ist, was die Einwohner dieser Stadt an einem Sommerabend tun, und es ist besser, als allein zu Hause zu sitzen.

Im Bahnhof setzt er sich auf eine Bank. Er schaut dem Treiben der vielen Menschen in der Halle gerne zu. Vor der Anzeigetafel mit den Abfahrtszeiten stehen immer mindestens drei Leute, und obwohl es nur Sekunden dauert, bis sie den richtigen Zug gefunden und sich des Gleises, auf dem er fahren wird, vergewissert haben, kommt es nicht vor, dass die Anzeigetafel unbeobachtet bleibt. Es verzögert immer schon ein Nächster den Schritt und hebt den Blick, wenn sein Vorgänger sich von der Tafel abwendet und eilig in der Unterführung verschwindet oder sich die verbleibende Zeit beim Stöbern im Zeitungskiosk vertreibt.

Vielen Menschen reicht die Möglichkeit wegzufahren, um an einem Ort zu bleiben, denkt Walter. Vom Wissen um ein Auto, das vor der Haustür steht, vom Bahnnetz, das ihnen stündlich direkte Verbindungen gewährt, geht eine beruhigende Wirkung aus.

Seit er nach Bern gekommen ist, fährt Walter jedes Jahr zwei-, dreimal nach Langenthal zu seiner Mutter, und seit er verheiratet ist, einmal im Jahr zusammen mit Edith in die Ferien. Immer wenn er wegfährt, löst er eine Rückfahrkarte. Er kann sich nicht vorstellen, wie sich das Wegfahren ohne Rückfahrkarte anfühlt.

Ein Bettler setzt sich neben ihn auf die Bank und fragt nach einer Zigarette. Walter will schnell wegschauen, bleibt aber an den Gesichtszügen des Mannes hängen. Es sind die Züge einer Frau, dazu die tiefe Stimme und der Schatten eines Bartes um den Mund, er schafft es nicht, sich vom Gesicht des Bettlers zu lösen.

– Oder ein bisschen Kleingeld vielleicht?

Weil Walter im Umgang mit Bettlern ebenso ungeübt ist wie mit Kindern und er weder Zigaretten noch Kleingeld in der Tasche hat, steht er auf und geht davon, ohne ein Wort zu sagen. Der Bettler ruft ihm etwas nach, von dem Walter sich bedroht fühlt, obwohl er kein Wort versteht. Er kann es nicht gut mit ihm meinen, er lastet ihm sein wortloses Davongehen zu Recht als Hochmut an, denkt Walter, und gleichzeitig erinnert er sich daran, dass ihm in letzter Zeit eine neue Freundlichkeit vor allem bei jungen Bettlern aufgefallen ist. Mehrere haben ihm einen schönen Tag gewünscht, obwohl er sie in seiner Verlegenheit keines Blickes gewürdigt hat. Dabei macht es keinen Unterschied, ob er ihnen etwas gibt oder nicht, verlegen macht ihn der Umgang mit Bettlern in beiden Fällen.

Walter verlässt den Bahnhof und geht den Hirschengraben hinunter. Ohne auf ein Ziel hinzusteuern, hält er sich rechts und geht schließlich durch den Monbijoupark. Der Spielplatz ist verlassen, einzig ein Hund schnüffelt zwischen den Schaukeln verwaschenen Spuren von Kinderdüften nach. Seine Halterin steht wenige Meter daneben unter einem Schirm. Walter bleibt ebenfalls stehen und beobachtet, wie der Hund aus einer Pfütze trinkt. Er bemerkt den unfreundlich misstrauischen Blick der Hundehalterin erst, als diese mit einem kurzen trockenen Pfiff ihren Hund ruft und davongeht. Sein Stehenbleiben hat ihren Argwohn geweckt, seine Anwesenheit hat die zufriedene Zweisamkeit zwischen Hund und Frau gestört. Er möchte sich mit einem Blick oder einer Geste entschuldigen, aber die Frau verlässt den Park in die entgegengesetzte Richtung. Der Hund dreht noch einmal den Kopf, und es ist Walter, als ob auch in seinen Augen ein Vorwurf über die Störung zu erkennen wäre.

Wenige Gehminuten später steht Walter vor dem Haus, in dem er früher gewohnt hat. Der Dachstock strahlt in neuem Glanz. Hinter den Fenstern seiner ehemaligen Wohnung hängen Gardinen. Er hat keine Ahnung, wer nach ihm in seine Wohnung eingezogen ist. Er geht die Namensschilder durch. Obrist kennt er nicht, F. Obrist, das muss sein Nachmieter sein. Er legt den Zeigefinger auf den Klingelknopf und erschrickt, noch während er drückt. Was, wenn dieser Obrist zu Hause ist? Was will er von ihm? Er läuft einige schnelle Schritte die Straße hinauf, bis er sich der Lächerlichkeit seines Klingelstreichs bewusst wird. Er wartet eine bange Weile, dann atmet er auf. Obrist ist nicht zu Hause. Walter ärgert sich über sich selbst. An einem Haus vorbeizugehen, in dem man früher gewohnt hat, ist nichts Besonderes. Er versteht nicht, was ihn dazu veranlasst hat, den Knopf zu drücken. Hofft er, in der Vergangenheit Hinweise darauf zu finden, weshalb er in dieser Stadt lebt? Hier in der Sulgenau hat seine Berner Zeit angefangen. In dieser Wohnung hat er gewohnt, in Rolfs Kneipe hat er viele Abende zugebracht, und im städtischen Finanzamt hat er gearbeitet. Das war das Dreieck, in dem sich sein Leben bis zu jenem sonderbaren Winter vor fünf Jahren abgespielt hat.

Er erinnert sich gerne an die Abende in Rolfs Kneipe. Vergessen geglaubte Bilder und Gerüche steigen langsam auf, der biergetränkte Lappen aus robuster Baumwolle, der kleine Hahn aus Chromstahl, aus dem der Pinot Noir im Offenausschank floss, und der blassrote Tropfen, der an seiner Spitze hing wie an einer feuchten Nase. Das alte Wandtelefon neben der Tür zum Treppenhaus, dessen schrilles Klingeln die dumpfen Gespräche so lange unterbrach, wie Rolf brauchte, um hinter der Theke hervorzukommen und den Hörer abzunehmen. Bevor Rolf die Kneipe übernommen hatte, war er Verteidiger beim FC Young Boys. Er ist mein Freund, denkt Walter, ein Freund aus alten Tagen, präzisiert er für sich, und er wundert sich darüber, dass es in seinem Leben schon alte Tage gibt. Rolf ist eines der wenigen Überbleibsel aus seinem Leben vor Edith. Inzwischen ist Walters Leben durchdrungen von ihr. Aus Ediths Wohnung ist die gemeinsame Wohnung geworden, und mit dem Jawort hat Walter nicht nur in ihre Familie, sondern auch in ihren Freundeskreis eingeheiratet. Auf der Steuerverwaltung mögen ihn all jene, die schon Edith gemocht haben, und diejenigen, die Edith nicht leiden konnten, gehen ihm aus dem Weg. Umgekehrt fällt Walter nichts ein, was Edith aus seinem Leben übernommen hätte. Er pflegt keinen engen Kontakt zu seiner Familie, und Rolf hat sie nie kennen gelernt. Er selbst besucht Rolf viel zu selten. Bei der nächsten Gelegenheit wird er Edith mitnehmen und sie Rolf vorstellen, nimmt er sich vor. Immerhin war Rolf die Brücke von Walters altem in sein neues Leben. Rolf hat ihn bei sich aufgenommen, nachdem die Gasflaschen im Dachstock von Walters Haus explodiert waren und durch das Loch in der Decke der Himmel zu sehen war. Rolf hat ihm zugehört, nachdem Walter auf dem Finanzamt fristlos entlassen worden war, und Rolf hat ihm den Schlüssel zur Ferienwohnung seiner Tante gegeben, wohin Walter sich zwei Wochen zurückgezogen hat. Manches Bier haben sie zusammen getrunken, während Rolf Fußballspiele, Fehlentscheide und Pauseninterviews kommentierte.

Während Walter sich an seinen Freund erinnert und er spürt, wie das wohltuende und wehmütig verklärende Gefühl von ihm Besitz ergreift, das mit der Erinnerung an vergangene Freuden einhergeht, klingen in ihm auch jene Worte nach, mit denen Rolf seinen Umzug in den Breitenrain kommentierte und sein Versprechen anzweifelte, regelmäßig in der alten Heimat vorbeizuschauen.

– Kneipen müssen um die Ecke liegen, sonst nützen sie nichts.

Rolf hat Recht behalten, wie er es meistens tat. Nichtsdestotrotz, denkt Walter, wir bleiben Freunde. Vom ersten Bier an, das er an Rolfs Theke getrunken hat, fühlte er sich ihm verbunden. Zwischen ihnen herrschte stets ein stilles Einverständnis. Er lud seine Sorgen nicht wie die meisten anderen Gäste auf einem von Rolfs Barhockern ab, weil es keinen anderen Ort für sie gab, sondern weil er wusste, dass er verstanden wurde.

Rolfs Kneipe ist 365 Tage im Jahr geöffnet. Rolf schenkt Bier aus, wann immer die Leute Bier trinken. Und weil die Leute immer Bier trinken, zumindest diejenigen, die bei ihm verkehren, ist die Kneipe täglich geöffnet. Er schert sich nicht um Feiertage oder Sonntage, um den Nationalfeiertag schon gar nicht. Energisch unterbindet er jede patriotische Regung am Stammtisch und an der Theke. Nationalismus widerspricht der wichtigsten seiner Hausregeln: keine Politik. Die einzige Ausnahme bilden die Kurden, die sich regelmäßig bei ihm treffen. Er weiß zwar, dass sie sich auf kommunistische Ideale berufen, versteht aber kein Wort von ihren Diskussionen.

Walter geht die Straße hinauf. Es ist nicht weit bis zur Kneipe. Er freut sich darauf, die Tür zu öffnen, einzutreten in Rolfs Reich und zu wissen, dass Rolf sich ebenfalls freut, ihn zu sehen, auch wenn er keine Miene verzieht und kein herzlicher Ausruf über seine Lippen kommt. Walter wird die Tür hinter sich ins Schloss ziehen, und Rolf wird aufblicken und nicken, wie er jedem eintretenden Gast zunickt. Er weigert sich, Gäste zu bevorzugen, weil das gleichzeitig bedeuten würde, andere herabzusetzen. Rolf hat einen ausgeprägten Sinn für Gerechtigkeit.

Die unangenehme Frage, die ihn durch die Stadt treibt, wird auch Rolf nicht beantworten können, das weiß er. Rolfs Fach ist es nicht, Fragen zu beantworten, sondern sie zu zerstreuen, und darin ist er gut.

II

Die Tür bewegt sich nicht. Es hilft kein Ziehen und Drücken. Es ist nicht der vom feuchten Wetter verzogene Türrahmen, der klemmt, es ist der zugeschobene Riegel, der die Tür verschließt. Walter späht durch eines der Fenster. Der Schankraum ist gespenstisch leer. Das fahle Licht, das durch die schmutzigen Scheiben dringt, reicht nur knapp bis zur Theke. Die Küche ist ein dunkles Loch, das ins Nichts zu führen scheint. Hinter allen Bänken und unter den Tischen, überall da, wo ein Hindernis einen Schatten wirft, gibt es solche kleine, scheinbar bodenlose Löcher. Walter klopft gegen die Scheibe. Nichts rührt sich. Er geht um das Haus herum zum Seiteneingang, der zu den Wohnungen führt. Rolf wohnt aus praktischen Gründen direkt über seiner Kneipe. Er klingelt und macht ein paar Schritte rückwärts. Die Fensterläden sind geschlossen, was nichts Besonderes ist, weil Rolf sich in wachem Zustand nur selten in seiner Wohnung aufhält. Er klingelt ein zweites Mal.

– Jakob? Bist du das?

Walter dreht sich um. Auf der anderen Straßenseite steht Ruth und hebt müde die Hand. Seit Ruth nach einer hartnäckigen Lungenentzündung nur knapp davongekommen ist, darf sie nicht mehr rauchen. Sie kompensiert ihren Verlust mit noch mehr Alkohol und ist deshalb immer müde. Walter hat Ruth bei Rolf kennen und schätzen gelernt. Sie ist Kindergärtnerin im Ruhestand. Nach über vierzig Jahren und fast tausend Kindern nimmt es ihr niemand übel, dass sie keine Kinder mehr sehen mag.

– Ruth! Was ist mit Rolf? Weshalb ist die Tür geschlossen?

Ruth ist bleich, und ihr linkes Augenlid zuckt nervös. Sie schweigt, und Walter ist, als ob ihre Wangen bei der Erwähnung von Rolf noch etwas weiter einfielen. Als sie anfängt, mit der Hand fahrige Bewegungen in die Luft zu zeichnen, und ihre Augen glänzen, weiß Walter, dass die Lage ernst ist. Endlich öffnet Ruth den Mund.

– Er ist verschwunden.

Walter ist nicht sicher, ob er sie richtig verstanden hat. Er geht auf sie zu.

– Was ist mit Rolf?

– Er ist verschwunden.

Er findet auch in der Wiederholung keinen Sinn in ihren Worten. Er versteht nicht, was Verschwinden im Zusammenhang mit Rolf bedeutet.

– Er ist tot. Fertig. Aus. Ende.

Ruth senkt ihren Blick, und das Zeichnen ihrer Hand ist zu einem traurigen Abwinken verkommen. Sie ist für das Überbringen schlechter Nachrichten nicht geeignet. Walter staunt, wie sauber das Stofftaschentuch ist, das sie aus dem Ärmel zupft, um sich zu schnäuzen, und weiß gleichzeitig, dass dieser Gedanke nichts verloren hat in seinem Kopf.

– Ist er verschwunden oder ist er tot?

– Beides. Sie haben seine Kleider an der Aare gefunden.

– Und Rolf?

– Badet seit einer Woche. Er hat sich gut versteckt. Hast du nichts mitbekommen?

Walter schüttelt den Kopf.

– War das vor genau einer Woche?

Ruth schaut ihn an.

– Spielt das eine Rolle?

Rolf ist vor einer Woche, an jenem heißen Julitag verschwunden, an dem Moritz tot unter dem Balkontisch lag. Wenn Rolf tot ist, sind Moritz und er am gleichen Tag gestorben.

Walter steht am Ufer der Aare. Er hat die Liebe der Berner für ihren Fluss nie geteilt. In Massen gehen sie im Sommer zu Fuß auf die Alpen zu und lassen sich dann von der Strömung dem Meer zu tragen. Dutzende von Hinweistafeln verhindern, dass sie den Ausstieg verpassen und aus ihrer Stadt fortgeschwemmt werden. Walter badet nicht. Er hat nie verstanden, weshalb sich Menschen stundenlang im Wasser aufhalten. Der Mensch ist ein Landlebewesen. Er fliegt nicht. Er schwimmt nicht. Er geht zu Fuß. Es hat Jahrtausende gebraucht, bis der Mensch sich den aufrechten Gang beigebracht hat, seine größte Errungenschaft, die alles andere erst möglich machte. Es gibt keinen Grund, diesen aufrechten Gang wieder preiszugeben, schwimmend kommt der Mensch in seiner Entwicklung nicht weiter.

Der Regen hat nachgelassen. Moser hat Recht, das Wetter wird gegen Abend besser. Walter hat Ruths Worte im Ohr und versucht zu begreifen, was sie bedeuten. Dass eine Schildkröte einfach so sterben kann, hat er vor einer Woche erfahren, aber ein Mensch? Rolf war vierzig, vielleicht fünfundvierzig. Er konnte schwimmen, und hier unten in der Lorraine gibt es keine gefährlichen Stellen. Und weshalb haben sie ihn noch immer nicht gefunden? Ein Mensch kann nicht einfach verschwinden, schon gar kein Toter. Ein toter Körper ist träge und unglaublich schwer. Er muss irgendjemandem irgendwo im Weg sein. Vor einigen Wochen hat Edith sich mit dem Brotmesser tief in den Finger geschnitten. Auf dem Weg ins Bad hat sie das Bewusstsein verloren und ist auf den Fliesen zusammengesackt. Walter hat sie aus dem Flur ins Schlafzimmer getragen. Er weiß, wie schwer ein Körper ist, der zur eigenen Fortbewegung nichts dazutut.

Rolf ist verschwunden, und es gibt keine Zeugen. Ruth hat ihm berichtet, dass die Polizei am Ufer seine Kleider, den Schlüsselbund und eine Zwanzigernote gefunden hat. Der Rest blieb verschwunden. Walter ist nicht traurig. Er weiß nicht, was das für ein Gefühl ist, das schwer auf seiner Brust liegt. Er möchte ihm gerne einen Namen zuordnen, Traurigkeit, Verzweiflung oder Ratlosigkeit, aber keiner der bekannten Begriffe stimmt mit dem überein, was er fühlt. Er möchte weinen oder wenigstens tief betroffen am Ufer der Aare kauern. Stattdessen steht er aufrecht da und lächelt. Vor ihm fließt der Fluss vorbei, in dem Rolf mit großer Wahrscheinlichkeit ertrunken ist, die Aare, das Wasser trägt immer den gleichen Namen, obwohl dasjenige, das in diesen Minuten an ihm vorbeizieht, nichts mit demjenigen zu tun hat, in dem Rolf ertrunken ist. Wenn Rolf in der Aare umgekommen ist, hat er jetzt den Thunersee vor sich, wenn nicht sogar einen Teil des schmelzenden Aargletschers.

Rolf kann hier nicht ertrunken sein, denkt Walter, nicht an diesem alltäglichen, ruhigen Flussabschnitt mitten in der Stadt. Er wirft einen Stein ins Wasser. Gleichförmige, konzentrische Kreise. Alles wie immer. Er schaut den Ringen zu, wie sie abgetrieben werden. Er macht einen Schritt auf das Wasser zu. Sein Schuh sinkt in der vom Regen aufgeweichten Erde ein. Er zieht die Jacke aus, lässt sie fallen, geht die Uferböschung hinunter und läuft ins Wasser. Es geht ihm bis knapp über die Hüfte. Hier kann niemand ertrinken. Walter versucht zu stehen und wird von der Strömung ein paar Meter weitergezogen, bevor seine Füße erneut Halt finden. Er lacht, rudert mit den Armen und schlägt mit der flachen Hand auf die Oberfläche, wie um die Härte des Wassers zu prüfen. Ein Radfahrer in einer leuchtend gelben Regenjacke mustert ihn besorgt und tritt heftiger in die Pedale. Walter kommt zur Besinnung und steigt aus dem Wasser. Das Ganze hat nur Momente gedauert. Er setzt sich auf einen Stein und weint, als ob die Wassertropfen, die ihm aus den Haaren übers Gesicht laufen, den Weg für die Tränen frei gemacht hätten.

Vermutlich hat er die Bedeutung, die Rolfs Kneipe für ihn gehabt hat, unterschätzt. Sie war ein zuverlässiger Halt, ein Ort des Stillstands, an dem Walter sich seiner selbst vergewissern konnte. Sprunghafte Launen fanden bei Rolf keine Beachtung. An seiner Theke gab es keine Moden und Jahreszeiten. Die Kneipe war immer da und immer geöffnet. Die Preise für ein Bier oder eine Tasse Kaffee blieben über all die Jahre fast unverändert. Die abgepackten Nussecken und Spitzbuben wurden Montag für Montag von derselben Großbäckerei geliefert. Es war ein Ort der Beständigkeit. Auch wenn Walter Rolf in den letzten Jahren nur selten besucht hat, das Nicken zur Begrüßung, der Händedruck, das frisch gezapfte Bier und das Glasschälchen mit Erdnüssen blieben gleich.

– Wie geht es dir? Studierst du noch? Hab ich mir gedacht, dass das nichts ist für dich. Bist du mal wieder in der Gegend. Hast du was zu erledigen?

Rolf hat nie akzeptiert, dass Walter ihn besuchte. Es verstand sich von selbst, dass es für ihn in unmittelbarer Umgebung etwas zu erledigen gab. Rolf wollte nichts von einem Besuch wissen, als ob es ihm unangenehm wäre, wenn Walter für ihn durch die ganze Stadt fahren würde. Er starrt in den Fluss. Das Wasser ist trüb. Walter kann sich nicht vorstellen, dass es für Rolf einen Anlass gab, zu verschwinden. Es will etwas heißen, wenn nicht einmal im für Halbwahrheiten fruchtbaren Dunstkreis der Stammgäste Gerüchte entstanden sind. Gemäß Ruth hatte Rolf keine Schulden, kein Verfahren wegen Steuerhinterziehung, nicht einmal Probleme mit den Lebensmittelinspektoren.

Walter zieht seine Jacke an, steht auf und geht nach Hause, wie einer nach Hause geht, der an einem regnerischen und kühlen Sommertag in die Aare gefallen ist. Er folgt dem schmalen Weg zur Lorrainebrücke, wartet am Straßenrand, bis die Ampel auf Grün springt und überquert den Nordring. Am Breitenrainplatz vergewissert er sich, dass kein Nachbar auf den Bus wartet, und im Treppenhaus horcht er auf gehende Türen, bevor er in den zweiten Stock hochsteigt.

Erst als er die Tür hinter sich schließt, merkt er, dass er vor Kälte zittert. Der Spiegel im Gang wirft ihm eine bleiche Fratze entgegen. Das Haar hängt ihm strähnig in die Stirn, die Augen sind rot und die Lippen blau, und als er mit der Hand die Haare zurückstreicht, sieht er, dass auch die Fingerknöchel blau angelaufen sind. Im Badezimmer zieht er die nassen Kleider aus, dreht den Heißwasserhahn auf und setzt sich auf den Wannenrand. Das Wasser steht erst wenige Zentimeter tief in der Wanne, als Walter den Hahn zudreht und den Stöpsel aus dem Abfluss zieht. Er kann jetzt nicht baden. Wasser ist ihm zuwider. Er reibt sich trocken, bindet sich das Handtuch um die Hüfte und setzt sich mit dem Föhn auf die Toilettenschüssel. Die Haare sind längst trocken, als Walter den Föhn abstellt. Die Wärme prickelt angenehm in den Fingern und Zehen.

Das Telefon klingelt ungewöhnlich laut in der feiertäglichen Nachmittagsstille. Einem antrainierten Reflex folgend, dass der Hörer abgenommen werden muss, wenn es läutet, geht Walter ins Wohnzimmer. Vor dem Apparat bleibt er stehen und überwindet sich, den Anruf nicht entgegenzunehmen. Er will mit niemandem reden. Der Anrufbeantworter geht an, und Jakob hört Ediths Stimme, zuerst die Ansage auf dem Band, dann im Original.

– Hallo Jakob, bist du nicht da?

Edith schweigt einen Moment, um ihm die Möglichkeit zu geben, sich zu melden. Walter schaut das Telefon an und wartet, bis Edith seine Abwesenheit akzeptiert.

– Das Wetter ist im Osten auch nicht besser.

Edith lacht und bricht ab.

– Weshalb ich anrufe, Mutter ist krank. Nichts Ernstes. Eine Sommergrippe. Jedenfalls mache ich ihr die Wäsche und räume ein bisschen auf. Ich komme erst am Sonntagabend zurück. Das ist doch kein Problem, oder? Ich glaube, die Nummer vom Pizzakurier liegt auf meinem Tisch.

Edith hält die Hand über die Muschel und spricht mit ihrer Mutter.

– Entschuldige, das war Mutter, sie lässt dich grüßen. Also dann. Bis Sonntag.

Nachdem Edith aufgelegt hat, nimmt Walter den Hörer und wählt ihre Nummer. Kaum ist die Verbindung aufgebaut, nimmt Edith auch schon ab.

– Ich bin's.

– Jakob? Du bist doch zu Hause?

Walter schweigt.

– Weshalb rufst du an?

Walter weiß, dass er etwas sagen muss.

– Jakob? Ist etwas passiert? Was ist los?

– Ich bin ... Es ist ... Nichts. Nichts ist passiert. Ich wollte nur ... Alles in Ordnung. Ich wollte nur hallo sagen. Grüße deine Eltern. Und gute Besserung.

Edith schüttelt bestimmt den Kopf, denkt Walter, und zu ihrer Mutter sagt sie, manchmal werde ich aus ihm einfach nicht schlau, und ihre Mutter streicht ihr über den Kopf, wie sie allen Leuten, die mehr als zehn Jahre jünger sind als sie, über den Kopf streicht, und sagt, ach was, der Jakob ist eben eigen.

Walter legt sich im Handtuch aufs Sofa und starrt an die Decke. Eine Fliege sitzt auf der Lampe. Eine zweite setzt sich daneben. Plötzlich fällt die eine über die andere her, und sie fliegen in wilden Bahnen durchs Zimmer. Walter denkt an Ruths fahrige Bewegungen mit der Hand. Ob sie Rolf schon ersetzt hat? Zusammen mit den anderen, irgendwo werden sie sich treffen. Er hätte Ruth fragen sollen. Die Fliegen landen wieder auf der Lampe. Das Spiel wiederholt sich einige Male, und Walter weiß nicht, ob sie sich bekämpfen oder paaren.

Rolf ist nicht ertrunken. Dieser Gedanke kommt ihm immer wieder. Im einen Moment ist Walter überzeugt, dass sein Freund lebt, und nur Sekunden später weiß er, dass jede Hoffnung vergeblich ist. Ob Rolf lebt oder ertrunken ist, die Frage bleibt die gleiche: Wo zur Hölle steckt er?

Walter weiß nicht viel über Rolf. Er war Fußballer beim FC Young Boys und hat danach die Kneipe in der Sulgenau übernommen. Er hat eine Tante mit einer Ferienwohnung in der Lenzerheide. Vor fünf Jahren hat Walter da zwei Wochen Ferien gemacht. Wer diese Tante ist und wo sie wohnt, weiß er nicht.

Walter steht auf und zieht sich frische Kleider an. Er muss etwas tun, irgendetwas. Er kann nicht länger auf dem Sofa liegen bleiben. Was hat Edith gemacht, als ihre Cousine vor drei Jahren bei einem Autounfall ums Leben gekommen ist? Sie haben sich alle in der Wohnung der Tante getroffen. Freunde und Verwandte sind zusammengekommen und haben geweint, einander umarmt und versucht zu begreifen, was passiert ist. Walter erinnert sich, wie er sich damals auf den Balkon verkrochen hat. Er fühlte sich nicht wohl, er hatte Ediths Cousine kaum gekannt und kam sich deshalb vor wie ein Voyeur, der dem Unglück anderer zuschaut. Aber für die Familie und Freunde war das bestimmt gut, zusammen zu sein, einander zu halten und Halt zu geben.

Walter braucht nicht lange, um Ruth zu finden. Bereits im zweiten Lokal sitzt sie vor einem Dreier Rotwein.

– Ruth, da bist du ja.
– Wer sucht mich?

Ruth hebt den Blick und lächelt in die Richtung, aus der sie ihren Namen vernommen hat. Walter sieht ihr auf den ersten Blick an, wo und wie sie die letzten zwei Stunden zugebracht hat.

– Ein Mann, der mich sucht. Habt ihr das gehört? Alle mal herhören, dieser junge hübsche Mann hat mich gesucht!

Ruth wird lauter und Walter rot. Nicht ihr Kompliment lässt ihm das Blut ins Gesicht steigen, er erregt grundsätzlich nicht gerne Aufmerksamkeit.

– Ruth. Bitte.

– Jetzt wird er auch noch rot. Schaut ihn euch an, ist er nicht süß?

Zwei, drei ältere Männer lachen, der Wirt macht eine Bemerkung, die Walter nicht versteht. Er stammelt ein paar Worte, aber Ruth ist nicht mehr aufnahmefähig. Er versucht es, indem er deutlicher artikuliert und sich mit dem Mund ihrem Ohr nähert, aber Ruth hört nicht zu, sie packt ihn an den Ohren und zieht ihn weiter hinunter. Ein feuchter, stinkender Kuss klatscht auf seinen Mund, dann wird seine Nase zwischen Ruths Daumen und Zeigefinger zusammengedrückt, dass ihm die Tränen in die Augen schießen.

Über Rolf wird er von Ruth nichts mehr erfahren. Um mit ihr reden zu können, müsste er sich an den Tisch setzen und eine Flasche Rotwein trinken. Vorsichtig wie ein geschlagener Hund zieht er sich zur Tür zurück und versucht Ruth, die dem Wirt winkt und ihm das dringende Bedürfnis nach einem weiteren Glas verständlich machen will, unbemerkt zu entkommen. Vergeblich, ihr eben noch verschleierter

Blick fixiert ihn wenige Schritte vor der rettenden Tür ins Freie. Sie versteht nicht, weshalb er das Lokal schon wieder verlassen will, wenn er extra wegen ihr gekommen ist. Sie steht auf und versucht ihm den Weg zu versperren. Walter weiß sich nicht anders zu helfen, er vergisst seine Höflichkeit, schiebt Ruth zur Seite und eilt durch die Tür ins Freie. Das Gelächter aus den heiseren Männerkehlen und der Geschmack von Ruths Kuss begleiten ihn die Straße hinunter.

III

Walter hat noch nie mit der Polizei telefoniert. Zögernd drückt er die drei Zahlen der Notrufnummer und fragt sich dabei, ob es in seinem Fall richtig ist, diese zu wählen. Bei einem seit einer Woche vermissten Menschen handelt es sich offensichtlich nicht um einen Notfall. Er wählt die Nummer, weil er keine andere weiß. Es klingelt lange. Die können nicht wissen, dass in seinem Fall keine Eile besteht, denkt Walter, da meldet sich eine männliche Stimme. Er erklärt sein Problem, und noch während er redet, wird ihm bewusst, dass heute ein Feiertag ist und vermutlich niemand Lust hat, sich mit seinen Sorgen herumzuschlagen. Der Beamte aber bittet höflich um einen Moment Geduld und verbindet ihn. Nach einer halben Minute Musik, in der er viel Zeit hat, über die Unsinnigkeit seines Anrufs nachzudenken, wird er von einer wohlklingenden Frauenstimme begrüßt.

– Herr Walter, was kann ich für Sie tun?

Walter zögert. Die Stimme der Beamtin erinnert ihn an jemanden, ohne dass er herausfindet an wen. Nur dass die Erinnerung nicht mit dem Bild zusammenpasst, das er sich von einer Polizistin macht, weiß er. Es gibt sie also doch, die bildschönen, cleveren und knallharten Kommissarinnen, die seine Frau in deutschen Fernsehkrimis bewundert, und es wird tatsächlich rund um die Uhr gearbeitet, auch an Feiertagen. Entweder sie hat das kürzeste Streichholz gezogen oder sie ist die einzige, die keine Kinder hat, die in der Schule Papierschiffchen mit Kerzen basteln.

– Haben Sie Kinder?

Die Beamtin braucht einen Moment, bis sie antwortet, und Walter schießt das Blut in den Kopf. Hin und wieder kommt es vor, dass seine Gedanken Gestalt annehmen und sich in Worten äußern, die ihm herausrutschen, ohne dass er es will.

– Nein. Aber ich bin verheiratet.

– Ich wollte … Wissen Sie schon … Ich bin mit dem Vermissten befreundet. Er ist in der Aare … Haben Sie …

Walter stammelt und versucht, seine unbeherrschte Frage ungeschehen zu machen, indem er auf das Eigentliche zu sprechen kommt. Die freundliche Stimme enttäuscht ihn. Sie dürfe ihm eigentlich keine Auskunft über den Stand der Ermittlungen geben, wenn er mit dem Vermissten nicht verwandt sei, aber weil es keine Neuigkeiten gebe, spiele das keine Rolle. Man habe ihn nicht gefunden und die aktive Suche eingestellt. Walter will wissen, weshalb die Suche eingestellt wurde, obwohl von Rolf weiterhin jede Spur fehlt.

– Wir haben getan, was wir können. Es macht keinen Sinn weiterzusuchen. Falls ihr Freund aber ertrunken ist, wird er mit großer Wahrscheinlichkeit trotzdem bald gefunden werden.

Walter schluckt. Die Polizei geht von einem toten Rolf aus. Er kann mit dieser Endgültigkeit nicht umgehen, auch wenn sie von einer Frauenstimme formuliert wird, der er alles glauben möchte.

– Es gibt nichts, was ich tun kann?

– Sie können uns Ihre Personalien angeben, falls sich die Situation verändert und wir Fragen haben, werden wir uns bei Ihnen melden.

Walter bedauert, dass die Beamtin immer nur von ihnen und nie von sich spricht. Ihr hätte er seine

Personalien viel lieber gegeben als ihnen, dem ganzen Polizeiapparat. Dennoch beteuert er, gerne zu helfen, wenn er irgendetwas tun könne, und hinterlässt seine Telefonnummer und Adresse. Er hängt den Hörer ein und hält einen Moment inne, um einen klaren Kopf zu bekommen und die Information von der Stimme der Beamtin zu trennen. Noch immer taumeln ihm die vagen Erinnerungsfetzen durch den Kopf, die er vergeblich nach Hinweisen auf ihren Ursprung durchforstet, um herauszufinden, an wen ihn die Stimme erinnert. Es gelingt ihm nicht, die Bruchstücke zu einem Ganzen zusammenzufügen.

Ein vorsichtiges Klopfen reißt ihn aus seinen Gedanken. Vor der Telefonkabine wartet ein Schwarzer. Er lächelt Walter entschuldigend an und zeigt auf sein linkes Handgelenk, um anzudeuten, dass er in Eile ist. Obwohl er keine Uhr trägt, ist sein Zeichen unmissverständlich. Beim Verlassen der Kabine nickt Walter ihm zu. Er hat das Gefühl, noch etwas sagen zu müssen. Er will nicht unfreundlich sein. Der Schwarze nimmt ihm die Tür aus der Hand, steckt die Telefonkarte ein und wählt hastig eine Nummer. Mit seinen Gedanken wieder bei der Enttäuschung über die Polizei, die ihm, abgesehen vom Bewusstsein für die Naivität seiner Hoffnung, nichts hat geben können, bleibt Walter stehen, bis der Schwarze sich umdreht und ihn dabei ertappt, wie er ihm beim Telefonieren zuschaut. Die Freundlichkeit auf dem Gesicht hinter Glas verschwindet, und die dunklen Augen funkeln Walter böse an. Er wendet sich erschrocken ab und geht davon.

Auf dem Weg nach Hause kommt Walter am Bahnhof vorbei. Die Kinder mit den Abzeichen sind verschwunden, die Bettler sind noch da. Die Stadtverwaltung hat die Bänke entfernen lassen, auf denen sie viele Jahre saßen, Bier tranken und Zigaretten rauchten. Jetzt haben sie sich auf den antiken Ruinen eingerichtet. Walter stört sich nicht an den Bettlern, er geht ihnen aus dem Weg, aber er wünscht ihnen die Bänke zurück. Die mit Zement befestigten Trockenmauern aus der Frühgeschichte der Stadt sehen nicht besonders bequem aus. Vor dem Aushang der städtischen Kinos streiten sich zwei private Wachmänner, wie sie seit geraumer Zeit häufig und vielerorts anzutreffen sind, mit einer Gruppe junger Punks. Die Wachmänner stören Walter. Er kann nicht sagen, was das Bedrohliche an ihnen ist. Vermutlich ist es ihr Äußeres, das dazu führt, dass in ihrer Anwesenheit sofort ein Gefühl von Unsicherheit entsteht. Das war nicht immer so, noch vor wenigen Jahren haben gemütliche, ältere Herren mit Fahrrad und Taschenlampe ihre Touren durch die Stadt gemacht. Bei jedem zweiten dieser Wachmänner vermutete Walter unter der Uniform einen Dichter oder Komponisten, der am Morgen beim Kaffee die Zeilen oder Noten zu Papier brachte, die er auf seinem nächtlichen Rundgang entworfen hatte. Heute stolzieren glatt rasierte Jugendliche durch den öffentlichen Raum, unter deren Uniform sich durchtrainierte Muskeln abzeichnen, und Walter zweifelt daran, dass sie den Wert eines Menschenlebens richtig einschätzen können. Der Wert von Rolfs Leben, wenn er tatsächlich tot ist, müsste er sich aufsummieren lassen. In Gedanken stellt Walter die Formel auf: Rolfs Leben = x. Weiter kommt er nicht, in Rolfs Leben gibt es für ihn abgesehen von der Kneipe und dem Fußball zu viele Unbekannten.

Die zwei Wachmänner bemühen sich vergeblich, mit den Punks ein vernünftiges Gespräch zu führen. Die Punks wollen nicht und die Uniformierten können nicht so sprechen, dass sie den kleinsten gemeinsamen Nenner finden, den es für ein funktionierendes Gespräch braucht. Als ein älterer Mann, der den Eindruck macht, dass er sich den Punks sofort anschließen würde, wenn er nur vierzig Jahre jünger wäre, ihn verschwörerisch angrinst und mit seiner Bierflasche verächtlich auf die Uniformierten zeigt, geht Walter weiter. Vor einem der neuen Billettautomaten bleibt er stehen. Er hat seine Fahrkarten bisher immer am Schalter gekauft. Langenthal hin und zurück, seltener auch Winterthur. Die Tatsache, dass er mit wenigen Fingerzeigen auf den Bildschirm eine Fahrkarte erwerben könnte und die mit der Fahrkarte einhergehende Möglichkeit wegzufahren, erinnert Walter an die Frage, die ihn den Morgen über beschäftigt hat. Rolf schafft es auch heute, ihn zu zerstreuen. Von dem Moment an, als er vor der verschlossenen Tür der Kneipe stand, hat er keinen einzigen Gedanken mehr daran verloren, weshalb er in Bern lebt. Erst hier vor dem Automaten geht die angenehme Selbstverständlichkeit wieder verloren. Walter schaut sich die Schweizerkarte an, auf der alle Stationen der Bundesbahnen aufgezeichnet sind. Neben den Städten, von denen viele rote Linien sternförmig wegführen, gibt es auch Ortschaften, die nur von einer einzigen roten Linie durchkreuzt werden oder sogar am Ende einer roten Linie liegen.

Edith hat im letzten Winter zu ihm gesagt:

– Stell dir vor, jetzt braucht der Zug nach Zürich nur noch achtundfünfzig Minuten. Und jede halbe Stunde eine direkte Verbindung.

Walter ist der Stolz in ihrer Stimme nicht entgangen. Edith hat ihm weitere Beispiele aus der Zeitung vorgelesen. Bern wird von vielen roten Linien durchkreuzt, und doch nimmt sie immer den gleichen Zug. Sie könnten auch in einem Ort mit nur einer roten Linie wohnen, denkt Walter.

– Kann ich Ihnen helfen, möchten Sie eine Fahrkarte kaufen?

Hinter Walter steht eine ältere Frau mit einem Seidenfoulard um den Hals. Am Oberarm trägt sie eine Binde mit dem Symbol der Dargebotenen Hand.

– Wohin möchten Sie fahren?

Weshalb kommt die Frau auf die Idee, dass er ein Problem mit dem Automaten haben könnte? Ob er wie ein Mensch aussieht, der Hilfe braucht? Walter versucht, im freundlichen Gesicht der Frau einen Grund zu finden, weshalb sie ihn angesprochen hat. Es kann nicht sein, dass er der hilfsbedürftigste Mensch im ganzen Bahnhof ist.

– Haben Sie ein Halbpreisabonnement?

Er schüttelt den Kopf.

– Das lohnt sich. Auch wenn Sie nicht sehr häufig mit dem Zug fahren. Sie bezahlen nur die Hälfte für jede Fahrt.

Walter überlegt sich, ob die Frau ihre Glaubwürdigkeit als unabhängige Hilfsperson nicht verliert, wenn sie Verkaufsgespräche führt.

– Sehen Sie, wenn Sie den Bildschirm berühren, können Sie jede gewünschte Ortschaft auswählen.

Walter schweigt weiter. Er wünscht sich keine Ortschaft. Er weiß nicht, nach welchen Kriterien er sie auswählen sollte. Die Frau mustert ihn kritisch.

– Verstehen Sie deutsch?

Sie sagt den Satz langsam und betont jede einzelne Silbe. Walter bedankt sich für die Informationen und macht der Frau klar, dass er keine Fahrkarte braucht. Er ist nicht sicher, ob auf ihrem Gesicht Enttäuschung zu erkennen ist, das freundliche Lächeln jedenfalls bleibt, als sie sich von ihm verabschiedet.

Vor dem Zeitungskiosk bleibt Walter stehen und schaut sich die zahlreichen Druckerzeugnisse an, die sich ihm darbieten. Er nimmt ein deutsches Magazin, auf dessen Titel eine Hand, die ein Schwert in die Luft streckt, und ein Kampfhubschrauber im Anflug abgebildet sind. Während er es langsam durchsieht, wird ihm bewusst, dass er seiner Umgebung, um sein Blättern zu rechtfertigen, ein Interesse am Magazin vorspielt, obwohl er keinerlei Kaufabsichten hegt. Der junge Mann an der Kasse füllt Zigaretten nach, ein etwas älterer Verkäufer kaut einen Kaugummi und starrt ausdruckslos in die Bahnhofshalle hinaus. Niemand interessiert sich dafür, was er mit dem Magazin anstellt. Er legt es zurück auf den Stapel. Die Schweiz ist ein kleines, unbedeutendes Land, denkt Walter, das bringt viele Annehmlichkeiten mit sich. Er braucht sich keine Gedanken darüber zu machen, wo und wann ein Einmischen in die Weltpolitik angebracht ist und ob er möchte, dass die von ihm gewählte Regierung Truppen in fremde Erdteile entsendet. Vielleicht liegt es daran, dass er Bern so selten verlässt, vielleicht wüsste er besser, weshalb er seit zehn Jahren hier lebt, wenn er auch einmal woanders leben würde. Ein konkretes Woanders kann er sich nicht vorstellen, aber der Gedanke gefällt ihm. Die Ferien mit seiner Frau und die Besuche bei seiner Mutter in Langenthal nicht eingerechnet, hat er Bern nicht mehr verlassen, seit er vor fünf Jahren nach Paris gefahren ist. Damals hat er, ohne davon zu wissen, an einer Verlosung teilgenommen und unverhofft ein Wochenende in Paris gewonnen, das er sogleich angetreten hat. Wenig später hat er Edith kennen gelernt. Orte, die man zum Zweck von Ferien besucht, sind Orte auf Zeit. Das Strandhotel auf Kreta oder der Campingplatz an der Ostsee kommen als Wohnorte nicht in Frage. Nach zwei Wochen ist ihre Zeit abgelaufen, und das Wissen, dass die Zeit abläuft, nimmt den Orten jede Bedeutung, die sie darüber hinaus haben könnten. Paris hat ihm gut gefallen, vielleicht könnte er in Paris leben. Edith würde niemals nach Paris ziehen, sie gehört nach Bern, das weiß er. Dass er sie in sein Gedankenspiel nicht einmal mit einbezieht, dass er sich wie damals vor fünf Jahren allein auf der Brücke über der Seine stehen sieht, darüber erschrickt er. Er erkennt, dass nicht nur Edith, sondern auch seine Ehe fest mit Bern verbunden ist. Sie lässt sich nicht an einen anderen Ort versetzen.

Walter betritt die Schalterhalle, die ihrem Namen seit dem Umbau endgültig nicht mehr gerecht wird. In einem Raum mit Glaswänden sitzen fünf Angestellte hinter ihren Computern und verbringen den Tag damit, freundlich zu sein. Es bleibt ihnen nichts anderes übrig, die Verkaufstische sind so angeordnet, dass die Angestellten sich gegenseitig unter Kontrolle haben. Jede Regung von Widerwillen wird von den in Freundlichkeit und Geduld geschulten Kollegen registriert. In der Geschäftsleitung ist das neue Raumkonzept bestimmt als fortschrittlich gepriesen worden. Walter stellt sich in eine Schlange und wartet, bis er an der Reihe ist. Ob es nicht ein Recht auf

Unfreundlichkeit gibt, überlegt er sich, und ob die Gesamtmenge an Freundlichkeit nicht vielleicht sogar gesteigert werden könnte, wenn es den Angestellten erlaubt wäre, einen unliebsamen Kunden mürrisch abzuspeisen, weil es ihnen erlauben würde, die überwiegende Mehrheit von anständigen Kunden noch zuvorkommender zu bedienen.

– Ich hätte gerne ein Halbpreisabonnement.

Der Mann am Schalter, der mit Meier angeschrieben ist, lächelt ihn an und scheint auf etwas zu warten. Walter wiederholt seine Bitte.

– Ja haben Sie denn noch keines?

– Nein. Ich hätte gerne eines.

– Ein neues?

Walter nickt.

– Nicht verlängern?

Walter stutzt. Er wird nicht gerne für dümmer gehalten, als er ist, und die Geringschätzung wird unerträglich, wenn sie mit Freundlichkeit gepaart ist.

– Dann muss ich Sie bitten, den Schalter zu wechseln. Hier kann ich Ihnen nur Ihr altes Abonnement verlängern.

Der Mann zeigt zu einem Schalter, der mit Abonnements angeschrieben ist. Walter versteht nicht, weshalb an diesem Schalter ein Halbpreisabonnement zwar verlängert, aber nicht ausgestellt werden kann, weil er aber befürchtet, dass eine Frage in diese Richtung eine ausführliche Antwort nach sich ziehen könnte, im Verlaufe derer das erträgliche Maß an zuvorkommendem Einfühlungsvermögen in seine Unbedarftheit endgültig überschritten würde, geht er zum anderen Schalter. Hier steht er etwas länger an, nicht weil hier mehr Leute warten, sondern weil ihre

Wünsche komplizierter sind. Als er an der Reihe ist, sitzt ihm eine Frau gegenüber, auf deren Namenschild ebenfalls Meier steht. Ob die zwei verheiratet sind, und wenn ja, ob das nicht unangenehm ist, wenn einem nicht nur der Arbeitskollege, sondern sogar der Partner ständig bei der Arbeit zuschaut, geht Walter durch den Kopf. Wie reagiert Herr Meier, wenn ein braun gebrannter Jüngling ein Abonnement kauft? Was kriegt er in der Pause zu hören, wenn sich eine blonde Schönheit über seine Theke beugt, um ihm das Reisedatum auf dem Kalender zu zeigen?

– Ja bitte. Wie kann ich Ihnen helfen?

Walter erklärt der mutmaßlichen Frau von Herrn Meier seinen Wunsch.

– Sie haben noch keines?

Walter schüttelt den Kopf.

– Sonst hätten Sie nicht hier anzustehen brauchen. Verlängern können Sie auch an einem normalen Schalter.

– Ich habe keines.

– Gut, dann brauche ich von Ihnen ein Passfoto und einen Ausweis.

Während Walter vor dem Passfotoautomaten steht und auf die Ausgabe der Bilder wartet, nähert sich ihm erneut ein Bettler. Passant um Passant arbeitet er sich auf ihn zu. Ja, er arbeitet, denkt Walter, und es ist keine leichte Arbeit, die er verrichtet, er verdient sein Geld mit harter Arbeit. Er erkennt in ihm denselben Bettler, der sich vor ein paar Stunden neben ihn auf die Bank gesetzt hat. Der Bettler erkennt ihn nicht, natürlich nicht, hunderte von Gesichtern ziehen täglich an ihm vorbei. Walter ignoriert die Frage nach

Kleingeld, seine neue Erkenntnis zu Leistung und Ertrag des Bettelns hat ihm nicht die Befangenheit genommen. Er starrt konzentriert auf die Öffnung im Fotoautomaten und hofft, dass sein Bildstreifen ausgegeben wird, damit er etwas zu tun bekommt. Der Bettler bleibt hartnäckig hinter ihm stehen. Wenn er ihm auf seine Frage wenigstens eine freundliche Antwort geben könnte, aber es ist zu spät, einmal taub gestellt, muss er dabei bleiben. Er ärgert sich über sich selbst und seine Unfähigkeit im Umgang mit Kindern und Bettlern. Weil er ersteren ein Abzeichen abgekauft hat, fehlt ihm jetzt das nötige Kleingeld, um den Bettler loszuwerden. Als sich der Bettler nach langen, unangenehmen Sekunden endlich entfernt, hängt der Fotostreifen in der Ausgabe. Walter zieht ihn heraus und schwenkt ihn zum Trocknen durch die Luft.

Ein bleiches Gesicht mit tiefen Augenhöhlen in vierfacher Ausführung, um den Mund ein dunkler Schatten, Stirnglatze im Ansatz. Walter überprüft im Spiegel, ob das, was auf dem Streifen abgebildet ist, Tatsache ist, und kommt zum Schluss, dass etwas mit der Belichtung in diesem Automaten nicht in Ordnung ist. Das ist nicht sein Gesicht. Wäre da nicht das Muttermal an der Schläfe, Walter hätte sich umgedreht, um die Person zu suchen, die sich vor ihm hat ablichten lassen. Er zerreißt den Fotostreifen in kleine Fetzen und wirft sie in den nächsten Papierkorb.

IV

Walter schaut aus dem Fenster des fahrenden Zuges. Er erinnert sich, wie Rolf von den Fahrten im Mannschaftsbus geschwärmt hat. Auch wenn er wieder nicht gespielt habe, vor allem die Heimfahrt sei ein Genuss gewesen. Im Herbst, die Nacht vor der Scheibe, auf der Autobahn durchs Land, die Luft kühl und feucht, eine bittere Niederlage gegen Lugano im Kopf, etwas Schöneres habe es in seinem Leben nicht gegeben. Walter ist überzeugt, dass Rolfs Hang zur Schwermut seiner Karriere als Fußballer hinderlich war, ihn dafür zum besten Kneipenwirt von Bern gemacht hat. Rolf öffnete jedem die Tür, er liebte die Gestrandeten an seiner Theke und umsorgte sie mit dem, was sie brauchten. Ruth ist eine von ihnen. Ohne Rolf ist Ruth eine von vielen, die Gift und Galle spucken auf die Welt, weil nichts und niemand es gut mit ihnen meint. Erst Rolf machte Ruth in Walters Augen zu einer ehrbaren Person, dank ihm hebt Ruth sich ab von der Masse der Trinker, die an Holztischen in Berner Kneipen sitzen. Er schaffte es, den Menschen aus jeder noch so verlorenen Gestalt herauszulocken. Egal wie tief ein Gewohnheitstrinker seine Herzlichkeit unter Ekel und Wut vergraben hatte, er schaffte es, sie ans Licht zu kehren.

Walter erinnert sich gut an jenen Tag, an dem Ruth aus dem Krankenhaus entlassen worden ist. Sie lag über Silvester mit einer Lungenentzündung im Inselspital. Mehr als zwei Wochen verbrachte sie in einem weißen Bett und starrte aus dem Fenster. Ruth wurde nicht besucht. Ihr Mann war schon lange tot, und ihr Sohn sprach nicht mehr mit ihr, seit sie seine Frau am Hochzeitsfest aufs übelste beschimpft hatte. Dabei mochte Ruth ihre Schwiegertochter. Es waren die mit ihrer zunehmenden Trunkenheit mitleidigen und angeekelten Blicke der Verwandten, die sie nicht aushielt. Dass es die Braut war, die mit ihrer Bemerkung, es sei jetzt genug, die bis zum Rand volle Ruth zum Überlaufen brachte, war ein unglücklicher Zufall. Rolf hat am Tag von Ruths Entlassung aus dem Krankenhaus Luftballone aufgeblasen und Girlanden durch die Gaststube gespannt. Allen war klar, dass Ruth bei Rolf vorbeischauen würde, noch bevor sie nach Hause ging. Es war das erste Mal, dass Walter Tränen der Rührung bei Ruth erlebte, ohne dass sie zwei Flaschen Roten im Blut hatte, und es waren diese Tränen, die eine Tirade auf alle Spitäler und Ärzte des Landes erstickten.

Walter lehnt sich mit der Stirn ans Fenster. Die Regentropfen klatschen auf die Scheibe, werden vom Fahrtwind erfasst und fließen waagrecht ab. Und jetzt ist er weg. Walter kann nicht fassen, dass Rolf mitgerissen, fest gehangen, irgendwo in der Aare liegt, Gesicht nach unten, die Lunge voll mit Wasser, das Herz stehen geblieben. Er kennt Bilder von Wasserleichen aus Filmen. Ist es möglich, dass Rolf dazu gehört? Zu den Plastiksäcken in der Leichenhalle, zu den Unglücksfällen in der Zeitung, zu den Todesanzeigen, zu den Grabsteinen auf dem Friedhof? Die Welt der Toten war für Walter bisher eine fremde, keine nahen Angehörigen, keine guten Freunde, nicht einmal der weit über achtzigjährige Nachbar im Erdgeschoss, den sie vor ein paar Wochen mit der Ambulanz abgeholt haben, niemand ist gestorben. Mit Rolf begegnet er zum ersten Mal der Endgültigkeit. Es kommt nichts Neues mehr zu seinen Erinnerungen an Rolf hinzu, die meisten Bilder in Walters Kopf werden verblassen, ein paar wenige werden übrig bleiben.

Ein Bahnhof, der mit Lenzburg angeschrieben ist, zieht am Fenster vorbei. Walter schaut auf die Uhr, in Kürze wird er in Zürich ankommen. Die im Namen versprochene Burg thront über der Stadt. Über dem Tor ist ein riesiges Berner Wappen auf den Stein gemalt. Walter kennt sich mit der Schweizer Geschichte zu wenig aus, als dass er sich erklären könnte, weshalb die Burgen kurz vor Zürich immer noch von Berner Wappen geschmückt werden.

Nachdem Walter seine misslungenen Fotos weggeworfen hatte, ist er zurück zum Billettautomaten gegangen und hat sich eine Fahrkarte nach Locarno zum vollen Preis gekauft. Locarno ist eine jener Ortschaften auf der Karte der Bundesbahnen, die nur von einer einzigen Linie durchkreuzt werden. Vermutlich hat er sich deshalb Locarno ausgesucht. Er hat seine Bankkarte eingeschoben, den sechsstelligen Code eingetippt, und die Maschine hat eine Fahrkarte nach Locarno ausgedruckt. Walter hat nur die Hinfahrt gekauft. Locarno einfach. Er will wissen, wie sich eine Bahnfahrt ohne Zurück anfühlt.

In Zürich steigt Walter aus. Er kennt den Bahnhof vom Umsteigen, wenn er Edith nach Winterthur begleitet. Wann er zum letzten Mal wegen der Stadt nach Zürich gefahren ist, kann er sich nicht erinnern. Er beschließt, nicht gleich weiterzufahren, sondern erst den Zug in einer Stunde zu nehmen. Es drängt ihn nicht anzukommen. Er ist zufrieden damit, unterwegs zu sein. Die einstündige Fahrt nach Zürich hat ihm gut getan. Er hat sich entspannt und in aller Ruhe darüber nachgedacht, was ihm an diesem Morgen widerfahren ist. Die schwierige Frage nach dem Weshalb seines Wohnsitzes verlor ihre Dringlichkeit, kaum hat er sich auf den Sitz der zweiten Klasse im Untergeschoss des Intercityzuges fallen lassen. Die hundertzwanzig Kilometer Landschaft, die am Fenster vorbeigezogen sind, haben in Walter Erinnerungen an Rolf und an Situationen, die er mit ihm erlebt hat, wachgerufen und die Ratlosigkeit über sein Verschwinden und den Umgang damit verdrängt. Erinnerungen helfen über die Unfähigkeit im Umgang mit der Endgültigkeit hinweg. Walter hat seinen Freund lachen gehört, die raue Stimme klingt in seinen Ohren nach, es ist ihm beinah als habe er mit ihm ein Zwiegespräch geführt.

Walter verlässt das Bahnhofsgebäude und fühlt sich um vieles leichter als in Bern. Er geht die Bahnhofstraße hinunter. Obwohl die Geschäfte geschlossen sind, schlendert eine beachtliche Anzahl Menschen die Straße entlang und mustert prüfend das Angebot in den Auslagen. Im Schaufenster eines Herrenausstatters betrachtet Walter sein Spiegelbild. Er stellt sich vor einen Herbstanzug aus Wolle, der ihn ein halbes Monatsgehalt kosten würde, und lächelt sich an. Die Idee, einen Anzug zu kaufen, gefällt ihm. Es wäre eine Ausschweifung, eine Übertreibung, aber eine, die ihm seine Bankkarte erlauben würde. Er hat Lust, das Geschäft zu betreten, sich die verschiedenen Modelle zeigen zu lassen, dasjenige anzuprobieren, das ihm am besten gefällt, die alten Kleider in der Garderobe zurückzulassen und im neuen Anzug wieder auf die Straße zu treten. Sein Gedankenspiel geht so weit, dass er nicht mehr mit Sicherheit ausschließen kann, nicht genau so zu handeln, wenn das Geschäft geöffnet wäre. Edith würde sich über neue Kleider freuen. Ihm ist aufgefallen, dass sie sich in letzter Zeit immer häufiger über seine fadenscheinigen Pullover und ausgewaschenen Jeans beschwert hat. Sie hat ihm einen Kaschmirpullover zu Weihnachten geschenkt, und auch für sich selbst kauft sie immer häufiger teure Kleider. Sie rechnet Walter vor, dass es sich lohnt, mehr zu bezahlen, weil sie sich besser halten. Er glaubt zu verstehen, was mit ihr passiert. Sie ist fünf Jahre älter als er. Sie haben keine Kinder, und sie verdienen beide das durchschnittliche Gehalt eines Angestellten. Sie hat einen Weinkeller angelegt. Sie hat die farbigen Poster von der Wand genommen und durch gerahmte Schwarz-Weiß-Fotografien ersetzt. Ihr beruflicher Aufstieg bringt auch privat Veränderungen mit sich. Sie will Gäste empfangen und dabei mit Stil und Geschmack Eindruck machen. Sie will repräsentieren, deshalb auch der Kaschmirpullover, nicht nur die Wohnung, auch der Mann soll nach etwas aussehen. Walter macht sich nichts aus Kleidern. Im einzigen Anzug, den er sein Eigen nennt, hat er geheiratet. Er empfängt nicht gerne Besuch, und Edith weiß das. Als sie sich kennen lernten, hat sie ihre Freundinnen eingeladen, und diese haben sich gefreut, dass Edith glücklich ist. Inzwischen haben die Freundinnen Kinder bekommen und nur noch selten Zeit für Besuche, dafür gibt es andere, die Edith gerne einladen möchte, das kinderlose Juristenpärchen, das sie im Rahmen einer Weiterbildung getroffen hat.

Während er seinem Spiegelbild im Schaufenster des Herrenausstatters gegenübersteht, überlegt sich Walter, ob er sich zu Ediths Bestreben verhalten muss. Er hat die Veränderung an ihr bemerkt, er hat sie interpretiert, aber er hat sie nicht darauf angesprochen. Sie haben nie viel miteinander geredet. Im Großen und Ganzen sind sie sich einig, und beide wissen, wo die Meinung des anderen der eigenen zuwiderläuft. Was passiert, wenn Edith sich in eine Richtung entwickelt, die Walter nicht mittragen kann, hat er sich nie überlegt.

Sein Blick ist inzwischen von einer Taube vom Preisschild für den Anzug abgelenkt worden. Sie nähert sich seinen Füßen und pickt unsichtbare Essensreste vom Boden auf. Sie würden sich trennen, denkt Walter, und er ist erstaunt, wie leicht sich eine Trennung von Edith denken lässt, immerhin sind sie seit fünf Jahren verheiratet, da müsste ihn doch wenigstens im ersten Moment eine Undenkbarkeit an dieser Überlegung hindern. Der Reflex, am Angestammten festzuhalten, der sich bei Walter ansonsten zuverlässig einschaltet, hat bei diesem Gedanken versagt. Seine Beziehung zu Edith scheint nach anderen Regeln als der Rest seines Lebens zu funktionieren, und er fragt sich, weshalb das so ist.

Die Taube flattert auf, als Walter seinen Weg fortsetzt. Seit fünf Jahren führen Edith und er eine funktionierende Beziehung. Keiner gibt sich für den anderen auf, sie schränken sich nicht ein, und sie stellen keine übertriebenen Forderungen an ihre Zweisamkeit. Es war nach seiner Entlassung und dem Verlust seiner Wohnung, als sie in sein Leben trat. Gekannt haben sie sich schon früher, flüchtig, weil sie am Empfang gearbeitet hat, an dem er jeden Tag vorbeikam. Mit ihrem Sinn fürs Praktische hat sie sein Leben neu organisiert, nie aber hat er das Gefühl gehabt, sie wolle einen anderen Menschen aus ihm machen. Sie liebt ihn mit all seinen Eigenheiten, und dafür bewundert er sie. Es ist leicht, Edith zu lieben. Sie packt an, ihre Erfolge sind fassbar. Sich selbst hält Walter für den ungleich schwieriger zu liebenden Menschen. Er fragt sich heute noch, woher sie damals wusste, dass sie ausgerechnet ihn wollte. Er kann sich nicht erinnern, dass sie am Empfang jemals mehr als Floskeln gewechselt haben. Und doch hat sie ihn nach seiner fristlosen Entlassung aufgesucht und ihm ihre Liebe gestanden. Er kann und will sich nicht beklagen, er schätzt, was sich ihm bietet und, was seltener vorkommt, was er sich selbst bietet. Dass er Edith am Anfang vor allem aus Dankbarkeit liebte, schmälert in seinen Augen nicht die Qualität seiner Liebe.

Walter bleibt stehen, weil sich vor ihm die Bahnhofstraße auftut und die graue Fläche des Zürichsees liegt. Wasser ist in der Schweiz schwierig zu umgehen, Seen und Flüsse in jeder Stadt, denkt er und wendet sich ab.

Rolf war der einzige Mensch, den er als seinen Freund bezeichnete. Rolf war der Name, den er nannte, als sich seine Mutter besorgt erkundigte, ob er in Bern Anschluss gefunden habe. Rolf suchte er auf, wenn er sich Gesellschaft wünschte. Rolf war es, der sich mit ihm über das Ausscheiden der Engländer in Japan ärgerte oder über den Europameistertitel der Griechen freute.

Der Zug nach Bellinzona ist voll, obwohl die Wettervorhersage für die ganze Schweiz Regen meldet. Der Glaube daran, dass die Alpensüdseite von den garstigen Wetterverhältnissen des Nordens verschont bleibt, ist größer als das Vertrauen in die Wissenschaft. Viele lassen sich vom um den Nationalfeiertag verlängerten Wochenende verlocken und fahren in den Süden. Walter teilt sich das Abteil mit einer jungen Frau, die gewissenhaft in einen Ordner starrt. Walter ist kein neugieriger Mensch, dennoch wüsste er gerne, was es mit den Blättern auf sich hat, die von der jungen Frau aufmerksam gelesen und passagenweise gelb angestrichen werden. Lange sucht Walter einen unverfänglicher Satz, der ein Gespräch mit der jungen Frau einleiten könnte. Der Altersunterschied ist zu groß, um kollegial auszutauschen, was sie dazu bewegt, in den Süden zu fahren, und nicht groß genug, als dass es keine Rolle spielt, mit welchem Satz das Gespräch anfängt, weil jegliche Absicht, abgesehen von alltäglichem Geplänkel, ausgeschlossen werden kann.

– Botanik. Ganz schön kompliziert.

Die junge Frau bläst sich eine Haarsträhne aus dem Gesicht, um die Schwierigkeit des Textes zu unterstreichen.

– Studieren Sie?

– Ich mache eine Lehre als Drogistin.

– Das ist sicher ein schöner Beruf.

Die junge Frau lächelt Walter an und vertieft sich wieder in den Text. Walter schaut aus dem Fenster, obwohl sie durch einen Tunnel fahren, und sieht sein gespiegeltes Gesicht. Er erinnert sich an die Passfotos. Es waren seit langem die ersten Bilder, die er von sich gemacht hat. Für Walter gibt es nur selten einen Grund, sich fotografieren zu lassen. Mit was andere Leute ihre Fotoalben füllen, überlegt er sich, es haben schließlich nicht alle Kinder, die in allen möglichen Posen und Entwicklungsstufen abgelichtet werden können, die ohne jegliches Zutun von Umgebung oder Ereignis, einfach nur durch ihr Dasein eine Fotografie rechtfertigen.

Der Zug bremst und ist schon fast zum Stehen gekommen, als die junge Frau ihren Ordner in die Tasche packt. Beim Aufstehen nickt sie Walter zu. Durchs Fenster schaut er ihr nach, wie sie auf dem Bahnsteig einem jungen Mann in die Arme läuft. Er hätte sich gerne länger mit ihr unterhalten. Das Gespräch hat sich gut angelassen. Das Problem seines ersten Satzes ist gelöst worden, indem sie ihn angesprochen hat, und er ist mit seiner Gegenfrage zufrieden. Eine praktische Frage, die Interesse bekundet, ohne zu heucheln. Schade dass sie schon in Thalwil ausgestiegen ist, wäre sie bis nach Locarno oder wenigstens bis Bellinzona gefahren, hätte er bestimmt mehr über sie erfahren. Sie ist in einem Alter, an das er sich gerne erinnert. Mit siebzehn hat er sich frei gefühlt, wie nie mehr danach. Seine Eltern lebten getrennt und gaben sich Mühe, den Sohn nicht unnötig zu belasten. Die Schule machte ihm keine Sorgen. Er hat sich zum ersten Mal betrunken und mit seinen Freunden heimlich geraucht, ja, damals ist noch heimlich geraucht worden, denkt Walter. Für ein paar Wochen hat er sogar in einer Band gespielt, es kam ihm zugute, dass seine Mutter ihn bis vierzehn dazu angehalten hatte, Gitarrenstunden zu nehmen. Die meiste Zeit haben er und die zwei anderen

Gründungsmitglieder nicht über ihre Musik, sondern über die Schwierigkeiten nachgedacht, die sich vor einer jungen Band auftürmten, wenn sie ihren ersten Tonträger veröffentlichen will. Der Sänger war überzeugt, dass sie es, wenn sie die Hindernisse einer Plattenaufnahme erst überwunden hätten, ohne Zweifel zu Ruhm und Reichtum bringen würden, und alle anderen ließen sich von seinem Fieber gerne anstecken. Bevor es jedoch zur Einspielung eines Demotapes kam, hatte sich die Band aufgelöst.

Damals hatte Walter einen Plan, er wollte in die Stadt ziehen, nach Bern. Die Stadt, das war die Verheißung im Leben eines Halbwüchsigen. Mit ihr verhielt es sich in Walters Augen ähnlich wie mit dem Tonstudio, war man erst einmal drin, würde sich alles Übrige ergeben. Dankbar nahm Walter deshalb die Stelle als Aushilfskraft auf dem Finanzamt der Stadt Bern an, die ihm sein Onkel vermittelte, bevor er Finanzdirektor des Tierparks Dählhölzli wurde. Weil es Walter keine Mühe machte, die nicht sehr hohen Erwartungen seiner Vorgesetzten an ihn zu erfüllen, wurde sein auf sechs Monate befristeter Vertrag schon bald unbefristet verlängert. Sein Lohn wurde im Lohnsystem der Stadt im unteren Drittel angesiedelt, und auch bei den Erfahrungsstufen wurde ihm mangels einer Ausbildung erst nach dem dritten Jahr eine eins gewährt. Die Einkünfte aber reichten gut, um ein anspruchsloses Leben in einer Zweizimmerwohnung in der Sulgenau zu ermöglichen. Aus der Perspektive eines Achtzehnjährigen in Langenthal sieht das Leben in Bern anders aus, als er es seit zehn Jahren lebt. Bern kannte er damals nur von Konzertbesuchen und Fußballspielen. Bern, das waren die Drogensüchtigen in den Ecken und Nischen um das Bundeshaus, die Männer mit langen Haaren und Frauen in Arbeiterhosen in der Reitschule, die legendären Bars und Beizen, die in den Liedern der zahlreichen Berner Rockgruppen besungen wurden. Bern war all das, was es in Langenthal nicht gab, es war Sehnsuchtsort und Heilsbringer für die halbwüchsigen Seelen in Langenthal. Walter ist der einzige aus seinem damaligen Freundeskreis, der tatsächlich nach Bern gezogen ist, und vermutlich wäre auch er in Langenthal geblieben, wenn sein Vater den Wunsch des Sohnes weniger ernst genommen hätte und sich nicht bei seinem Bruder für ihn eingesetzt hätte. Es ist die Unbeschwertheit von damals, die er in der jungen Drogistin erkannt hat. Billy and the Rock. Die Stimme von Beat, der ab der siebten Klasse darauf bestand, Billy gerufen zu werden, der Lärm von Marcels Schlagzeug und seine Akkorde auf der Gitarre. Die Natürlichkeit auch, mit der sich die junge Frau die Strähne aus dem Gesicht geblasen hat, keine Spur von Wirkung, die sie damit erzielen wollte. Und das in einer Zeit, in der die Medien ausführlich über die Deformation der Jugend durch die Einflüsse der Unerhaltungsindustrie berichten. Walter lächelt der jungen Frau, die mit ihrem Freund in der Unterführung verschwindet, zufrieden nach. Er mag es, wenn die Wirklichkeit durch einen Einzelfall widerlegt, was im Allgemeinen über sie berichtet wird.

Je länger die Fahrt dauert, desto ruhiger wird Walter. Bis über den Zugersee hinaus hängt er den Erinnerungen an seine Jugend nach. In Arth Goldau setzt sich ein älterer Herr zu ihm ins Abteil, und er glaubt für einen kurzen Moment, eine Ähnlichkeit mit seinem Vater zu erkennen. Es sind die buschigen Augenbrauen, mehr noch die Bilder aus seiner Jugend, die dem fremden Mann Züge seines Vaters ins Gesicht schreiben. Walter fühlt sich wohl im Zug, und wenn sich tatsächlich sein Vater zu ihm ins Abteil gesetzt hätte, hätte es ihn gefreut. Er hat sich schon lange nicht mehr mit ihm unterhalten. Ihr Verhältnis ist kein gutes, es ist auch nicht schlecht, es ist überhaupt kein Verhältnis, denkt Walter. Sein Vater war bemüht darum, die Streitereien vor und während der Scheidung von seinem Kind fernzuhalten. Er wurde von seinem Gewissen geplagt, weil er sich in eine andere verliebt hatte, die schon bald seine zweite Ehefrau wurde. Der vorsichtige Umgang, die Mühe, jedes falsche Wort zu vermeiden, führte dazu, dass sie lieber schwiegen als redeten. Noch heute telefonieren sie selten und sehen sich fast nie. Der eine fühlt sich in der Gegenwart des anderen nicht wohl. Nach der Scheidung war ihr Verhältnis von Pflichten geprägt. Jedes zweite Wochenende nahm seine Mutter den geschiedenen Vater in die Pflicht. Und es ist Walter, als ob sein Vater mit der Vermittlung einer Anstellung auf dem Finanzamt seine letzte Pflicht erfüllt hätte. Er hat den Sohn untergebracht, ihm Starthilfe in einer fremden Stadt gewährt.

Der ältere Herr zieht ein Telefon aus der Tasche. Er drückt verschiedene Knöpfe, ohne das gewünschte Resultat zu erreichen. Walter hat sich noch immer nicht an das Bild von alten Menschen mit Mobiltelefonen gewöhnt. Die kleinen Tasten stellen die in ihrer Gelenkigkeit eingeschränkten Finger des Mannes vor eine schwierige Aufgabe. Walter hofft, dass er nicht um Hilfe gebeten wird. Er hat keine Erfahrung im Umgang mit Mobiltelefonen. Edith versuchte mehrmals und im letzten Jahr mit zunehmender Hartnäckigkeit, ihm eines zu kaufen, noch aber hat er sich erfolgreich wehren können. Er braucht kein Mobiltelefon. Wenn er nicht zu Hause ist, ist er im Büro und wenn er unterwegs ist, dann entweder zusammen mit seiner Frau oder auf dem Weg nach Hause. Er weiß beim besten Willen nicht, in welchen Situationen er dieses Telefon brauchen würde. Der ältere Herr scheint die gewünschte Nummer gefunden zu haben, mit einem Anflug von Stolz auf dem Gesicht hält er das Telefon gegen sein Ohr. Er hat eine angenehme, freundliche Stimme. Ob sein Vater auch ein Mobiltelefon besitzt, überlegt sich Walter. Seine Mutter hat in ihrer Angst, den Anschluss an die moderne Gesellschaft zu verlieren, schon vor Jahren einen Kurs für die Handhabung und den richtigen Gebrauch eines Mobiltelefons besucht. Stolz hat sie ihm erklärt, was sie alles gelernt hat.

– Und wofür brauchst du so ein Telefon?

– Das kann man immer brauchen. Stell dir vor –

Seine Mutter hat mehrere Schreckensszenarien bildhaft ausgemalt, so dass Walter nicht umhin kam, daran zu zweifeln, dass ein Mobiltelefon in einer solchen Situation die richtige Hilfe war.

– Wenn du auch eines hättest, könnte ich dir schreiben.

– Weshalb brauche ich ein Telefon, damit du mir schreiben kannst?

Walter vermutet, dass genau darin der Erfolg dieser Erfindung liegt. Einem allein nützt sie nichts. Wer daran teilhaben will, ist darauf angewiesen, dass alle anderen ebenfalls mitmachen.

Die Einfahrt in den Gotthardtunnel verpasst Walter, weil sich eine Fliege auf seinem Knie niedergelassen hat. Es ist eine träge und müde Fliege. Sie hat die Eigenschaft eingebüsst, die das Überleben einer Fliege garantiert: Reaktionsschnelligkeit beim Nahen jedweder Gefahr. Walter nähert sich ihr mit der Hand bis auf wenige Millimeter. Er könnte sie streicheln oder zerdrücken, sie würde es mit sich geschehen lassen. Sie lebt nur noch, denkt Walter, weil es sie in einen Zug verschlagen hat, wo weder Fisch noch Vogel nach ihr schnappen. In wenigen Stunden wird sie altersschwach zu Boden fallen oder auf dem Polster von einem achtlosen Passagier erdrückt werden. Walter beobachtet, wie sie sich langsam und vermutlich nur noch aus Gewohnheit mit den Vorderbeinen über den Kopf streicht. Er ist unentschieden, ob sie dabei den Kopf oder die Beine putzt. Die Flügel sind aufgespannt, aber weil er ihr bei der Landung zugeschaut hat, weiß er, dass sie kaum mehr die Kraft haben wird aufzufliegen. Er legt die Hand vor die Fliege aufs Knie und wartet, bis sie die Mitte seiner Handfläche erreicht hat. Er macht eine Faust und öffnet die Hand wieder. Die Fliege sitzt ruhig und scheinbar unbeteiligt da. Ob sie einschliefe, wenn er die Faust länger geschlossen halten würde, überlegt sich Walter, und ob er schon einmal eine schlafende Fliege gesehen hat und wenn ja, inwiefern sie sich von einer wachen unterscheidet.

Wenn sich das Fenster öffnen ließe, würde Walter die Fliege in den Fahrtwind hinauswerfen, auch wenn er sich keine Illusionen darüber macht, dass sie dem strudelnden Luftzug nicht heil entkommen könnte. Im klimatisierten Wagen aber weiß er nicht wohin mit der Fliege in seiner Hand. Wäre sie gesund, hätte er sie mit einem Handwisch weggescheucht. Die kranke Fliege aber müsste er zu Boden fallen lassen und sie den trampelnden Schritten der Reisenden aussetzen. Er weiß, dass er sich dabei grausam vorkommen würde. Eine gesunde Fliege, die ihm lästig um den Kopf schwirrt, hätte er ohne darüber nachzudenken erschlagen, eine lahme aber will er weder töten noch dem Tod aussetzen. Er bläst sie an in der Hoffnung, dass sie mit letzter Kraft und mit Hilfe seiner Atemluft auffliegt und sich einen Mitreisenden zum Sterben aussucht. Die Fliege aber macht keinen Wank, nicht einmal den Versuch, in die Luft zu kommen. Ist sie gestorben, hier auf seinem Handteller? Hat ihr Herz in seiner Hand aufgehört zu schlagen? Walter will die tote Fliege schon abschütteln, als sie erneut ein Bein hebt und sich damit über den Kopf streicht. Er weiß nicht, ob er über das Lebenszeichen erleichtert ist.

V

Es ist dunkel, als der Regionalzug aus Bellinzona, in den Walter umgestiegen ist, in Locarno einfährt. Der Bahnhof hält, was die einzige rote Linie, die auf der Netzkarte der Bundesbahnen den Punkt kreuzt, der für die Stadt am Lago Maggiore steht, verspricht. Vier Gleise laufen aus, schwere, vom Schmierfett glänzend schwarze Puffer trennen die Schienen von der Via della Stazione. Eine Treppe führt in den Untergrund, wo die Züge von und nach Domodossola verkehren. Kübelpalmen zieren die Bahnsteige, zwischen den Fahnen zum Nationalfeiertag hängen Pappschilder mit Angeboten für Sonderaktionen von den Perrondächern und preisen auf Italienisch und Deutsch die günstigsten Gelegenheiten an, aus Locarno wegzukommen. Bahnhöfe sind schlechte Werbung für Städte, denkt Walter, sie verlocken jeden, auch den eben erst Angekommenen zur Weiterfahrt, und doch ist der Tourismusbeauftragte machtlos, er kann nicht gegen den Bahnhof der eigenen Stadt vorgehen. Seine Arbeit beginnt vor dem Bahnhof, sobald der Reisende die Entscheidung zu bleiben getroffen hat und aus dem Bahnhofsportal tritt, hier wirken in seinem Auftrag der Verschönerungsverein und die Putzkolonnen. Hinter dem Bahnhof hingegen, entlang den Gleisen, vermischt sich der Dreck der Stadt mit dem rostigen Eisenstaub der Räder und Schienen. Das Davor und Dahinter ist bei Kopfbahnhöfen besonders ausgeprägt, aber auch bei einem Provinzbahnhof ist die Rückseite nur durch städtebauliche Anstrengungen und die entschlossene Initiative aller

Beteiligten von Schmutz und Taugenichtsen frei zu halten. Nie würde Walters Mutter auf der Rückseite des Bahnhofs Langenthal auf ihn warten, obwohl sie auf dem Weg von ihrer Wohnung zum Bahnhof daran vorbeikommt. In der im hinteren Teil engen und düsteren und nach vorne hin freundlicheren Unterführung unterquert sie die Gleise und trifft sich mit ihm vor dem Bahnhof beim Kiosk.

Walter geht in die Stadt hinein und findet die berühmte Piazza Grande, ohne sie zu suchen. Das ist alles, was er über Locarno weiß, dass es hier eine Piazza Grande gibt. Er bleibt an ihrem Anfang stehen und schaut sich um. Die Frage, weshalb er hier steht, drängt sich ihm auf. Unterwegs zu sein war Rechtfertigung genug, solange er im Zug saß. Erst in der Ratlosigkeit darüber, was er als nächstes unternehmen soll, erkennt er die Piazza Grande als Ziel. Eineinhalb Mal geht er um die Piazza herum, bis er wieder an ihrem hinteren Ende anlangt, wo ihm schon nach der ersten Hälfte des Rundgangs eine kleine Bar aufgefallen ist. Im Schaufenster steht ein Pappschild, auf das vor langer Zeit jemand mit einem Filzstift, dessen Farbe von der Sonne unkenntlich gemacht worden ist, ROOMS geschrieben hat. Über der Tür leuchten die roten Neonbuchstaben einer Biermarke aus Belgien oder einem anderen Beneluxland. Der kleine Schankraum bietet Platz für drei Tischchen, von denen zwei besetzt sind. Hinter der Theke steht ein junger Mann mit streng nach hinten gekämmten und seitlich gescheitelten Haaren und liest eine Motorsportzeitschrift. Eine junge Frau in einem schweren Ledermantel und mit schwarz geschminkten Augen sitzt auf einem Barhocker und trinkt eine Cola. Auf dem Sofa in der Ecke küssen sich zwei junge Männer. Walter setzt sich an den freien Tisch, und der Gescheitelte blickt hoch, verzichtet aber darauf, hinter der Bar hervorzukommen, obwohl die Musik ziemlich laut ist. Walter mag seine Bestellung nicht durch den Raum rufen. Er steht auf und bestellt ein Bier an der Bar. Er bemerkt, wie die Frau, die vom Gewicht ihres Mantels auf den Barhocker gedrückt wird, den Kopf hebt und ihn mustert. Mit ihrem Gesicht stimmt etwas nicht. Es sind ihre Augen, sie funkeln, aber sie funkeln traurig. Sie hebt ihr Glas und prostet ihm wortlos zu. Er zögert, nickt höflich und setzt sich wieder auf seinen Stuhl, als er sicher ist, dass die Frau trotz ihrer einladenden Geste keine Absicht hegt, ihre Wortlosigkeit aufzugeben. Mit dem Heben des Glases hat sie sich nur beiläufig ihrer Existenz vergewissert, denkt Walter, sie sitzt seit Stunden auf diesem Hocker, Leute gehen aus und ein und an ihr vorbei, und hin und wieder hebt sie ihr Glas, um sich in der Reaktion des Gegenübers selbst zu erkennen. In seinem Fall bekommt sie ein unsicheres Zögern zurück, bestimmt hat sie sich auch schon mit einem mitleidigen Lächeln oder sogar einem angeekelten Abwenden begnügen müssen. Der Barkeeper ist für die junge Frau bei ihrer Verortung in der Welt keine Hilfe, sein Interesse gilt einzig den Motoren in seiner Zeitschrift.

Walter trinkt sein Bier aus und fragt den Gescheitelten auf englisch, ob das Zimmer zu mieten sei, auf welches das Schild im Fenster hinweise. Der Gescheitelte hebt den Blick zur Decke. Fünfzig Franken ohne Frühstück, Balkon auf die Piazza, Toilette und Bad auf dem Gang. Walter nickt und bekommt einen Zimmerschlüssel in die Hand gedrückt. Weil der Gescheitelte sich erneut in seine Zeitschrift vertieft und Walters Erwartung, dass ihm sein eben für die Dauer einer Nacht erworbenes Zimmer gezeigt wird, ins Leere laufen lässt, bestellt er sich noch ein Bier. Wieder hebt die Frau mit den schwarzen Augenringen ihr Glas. Die Geste ist zum Ritual geworden, und Walter muss vermuten, dass sie nicht ausschließlich Cola trinkt und dass die banale Ursache für ihre traurig funkelnden Augen eine gottlose Betrunkenheit ist. Er will sich wieder an seinen Tisch setzen, da öffnet die Frau ihren Mund und spricht leise in ihr Glas hinein. Walter zögert. Er ist nicht sicher, ob er gemeint ist oder ob es sich bei ihrem Sprechen nur um ein für Außenstehende unverständliches Selbstgespräch handelt. Er will sich setzen, er will nicht hineingezogen werden in den Alkoholdunst und die dahinter schemenhaft auftauchenden Abgründe. Nach einem Bier und mit einem zweiten vor sich bewegt er sich auf sicherem Boden, er hat sich den Ort ausgesucht, Locarno mit seiner einzigen roten Haarlinie, diese Bar an der Piazza Grande, das Tischchen zwischen einer traurigen Frau und zwei verliebten Männern, er ist nicht hier, weil es keinen anderen Ort für ihn gibt, es geht ihm gut. Und wie er das denkt, freut er sich, er kann sich nicht erinnern, wann er diese Feststellung zum letzten Mal ohne unmittelbare Ursache gemacht hat. Er freut sich über die unverhoffte Klarheit, ganz ohne den begleitenden Misston eines Zweifels hat er diesen wohltuenden Gedanken gedacht.

– Ein schönes Zimmer haben Sie gemietet.

Die Frau spricht nicht lauter, aber etwas deutlicher, und sie spricht deutsch, was Walter dazu veranlasst, stehenzubleiben.

– Ein schönes Zimmer. Der Tisch am Fenster. Am Fenster gibt es viel zu sehen. Wenn Sie wollen. Will ja nicht jeder. Hinaus auf die Piazza das Fenster. Das mag ich. Wie hier.

Die junge Frau schaut aus dem Fenster und macht eine Pause. Walter folgt ihrem Blick. Die Piazza Grande ist leer. Er erinnert sich an Ruths Kuss. Die Bar, in der die Buchstaben der Biermarke leuchten und die Tische und Stühle aus Chromstahl glänzen, hat äußerlich wenig mit Rolfs in matten Holztönen gehaltenen Kneipe gemein, und doch scheint diese Theke den gleichen Menschenschlag anzuziehen.

– Immer etwas zu sehen auf der Piazza. Bald kommt der Fuchs. Er kommt jeden Abend. Schleicht sich da drüben an der Wand entlang und verschwindet hinter der Ecke. Wenig später kommt er zurück. Ist sein Revier hier.

Vielleicht funkeln ihre Augen, weil sie so gut sehen kann, besonders nachts, Eulenaugen, denkt er, und es würde ihn nicht wundern, wenn sie ihren Kopf um hundertachtzig Grad drehen würde, um das Pärchen auf dem Sofa zu betrachten.

– Er heißt Ron. Wie Ron Carter.

Walter hat genug gehört. Er ist froh, dass die Frau den Fuchs nicht Rolf nennt, wie er im ersten Moment glaubte, verstanden zu haben. Es ist leicht, einer traurigen Frau mit schwarz geschminkten Augen und einer leisen, eindringlichen Stimme übersinnliche Fähigkeiten zuzusprechen. Er stellt das leere Bierglas auf die Theke und nimmt seine Jacke vom Stuhl. Er wünscht dem Barkeeper eine gute Nacht und meint die Frau mit. Die Tür im hinteren Teil des Lokals führt in ein dunkles Treppenhaus. Weil er keinen

Lichtschalter findet, tastet er sich dem Geländer entlang in den ersten Stock hoch, wo ein schwacher roter Schein einen Schalter verspricht. Von den drei Schlüsseln, die er erhalten hat, passt nur einer, und er fragt sich, falls ein zweiter zur Haustür gehört, zu welcher verborgenen Welt er sich mit dem dritten Zugang verschaffen könnte, wenn er das passende Schloss finden würde.

Das Zimmer ist groß. Eine Deckenlampe gibt es nicht, und die Nachttischlampe leuchtet die entfernten Ecken nicht aus. Die Einrichtung macht den Eindruck, als hätte der Gescheitelte die Wohnung seiner verstorbenen Großmutter geräumt und mit ihren Habseligkeiten das Zimmer voll gestellt, das er jetzt vermietet. Ein Tisch, ein Doppelbett, zwei Schränke, eine Kommode, ein Regal mit alten Büchern, an den Wänden Ölbilder mit Blumenmotiven, die zu einer Zeit entstanden sind, als die farbige Pracht von Mohn und Kornblumen noch nicht auf Fotopapier gebannt werden konnte. Walter setzt sich aufs Bett und wippt vor und zurück. Es ist ein Federbett. Er nimmt das Kissen und klopft es auf. Das Zimmer erzählt von einer untergegangenen Welt, wie es sie heute nur noch in reduzierter Form in den engen Zimmern von Altersheimen gibt. Die Möbel berichten von einer Zeit, in der es Möbelschreiner statt Einrichtungshäusern gab. Jeder Gegenstand im Zimmer, auch das gute Tuch der Bettwäsche ist mit Sorgfalt behandelt worden, weil es sich lohnte, Acht zu geben. Die Wohnung von Frau Breitenstein ist voll mit solchen Möbeln, aber auch sie wird aus Platzgründen viele ihrer über Jahrzehnte gepflegten Stücke weggeben müssen, wenn sie dereinst aus ihrer Dreizimmerwohnung ausziehen wird. Walter streicht über das warme Holz des Bettgestells und zieht sich am speckig abgegriffenen Knauf hoch. Er fühlt sich wohl, er fühlt sich hingezogen zur Vergangenheit in diesem Zimmer. Er geht herum, fasst Ecken und Kanten von Gegenständen an, streicht mit den Fingerkuppen den Wänden entlang und über das Holz der Tischplatte. Das tägliche Abwischen hat die Kerben von wütenden Messern und die Löcher, gebohrt von Gabeln gelangweilter Kinder, eingeebnet. Dieser Tisch erzählt mindestens so viele Geschichten wie die Bücher im Regal.

Auf dem Balkon schaut Walter auf die graue und menschenleere Piazza hinunter. Über ihm der Nachthimmel, an dem die fehlenden Sterne durch Feuerwerkskörper ersetzt werden. Die farbigen Funkenregen und blitzenden Explosionen erleuchten die Wolken über den Hügeln am Stadtrand schwefelgelb. Was vom bunten Spektakel am Himmel übrig bleibt, der Geruch, der Rauch, der sich mit Nebelschwaden vermischt, so stellt sich Walter den Eingang in die Unterwelt vor. In Bern wartet Moser ungeduldig, bis das letzte Papierschiffchen seines Sohnes von der Dunkelheit verschluckt wird, weil ihn die Missbilligung seiner Frau auch dieses Jahr nicht daran gehindert hat, ein kleines Vermögen für ein Feuerwerk auszugeben. Frau Breitenstein redet unentwegt auf ihr verstorbenes Hündchen ein, das sie in solchen Nächten verkrochen hinter dem Sofa glaubt. Auf der Piazza, vor der Tür zur Bar, schleicht ein furchtloses Tier herum, das sich vom Knallen der Raketen nicht einschüchtern lässt. Es ist weder der Höllenhund noch der angekündigte Stadtfuchs, eine Katze schmiegt sich dem jungen Paar, das sich auf den

Heimweg macht, an die Beine, wie um sich für die Nacht und ein Frühstück zu empfehlen. Kurz nach dem Paar kauert sich die Frau im schwarzen Ledermantel neben das Tier und streicht ihm übers Fell. Sie macht das so langsam, dass Walter an ihrer Hingebung zweifelt. Sie ist mit den Gedanken weit weg von dieser Katze und hat sich nur einem angewöhnten Reflex folgend zu ihr hingekauert. Wahrscheinlich hat sie als Kind eine Katze gehabt, denkt Walter. Der Katze ist es egal, ob sie von der Frau nur beiläufig oder aus echter Zuneigung gestreichelt wird. Sie legt sich auf die Seite und streckt die Beine von sich. Die Frau aber steht schon wieder auf und geht weiter. Die Katze bleibt noch ein paar Sekunden liegen und hofft auf eine Fortsetzung des Kraulens, dann bleibt ihr nichts anderes übrig, als den schnellen Verlust der Menschenhand zu akzeptieren. Sie springt auf und reibt sich den Kopf an einem Hydranten. Rasselnd wird der Rollladen, der die Tür der Bar verriegelt, heruntergelassen, und die Katze, als ob sie verstünde, dass danach niemand mehr aus der Tür treten wird, läuft quer über den Platz davon.

In einem der beiden Schränke hängen mindestens ein Dutzend Hemden und ebenso viele Krawatten über einem Draht, der über die Innenseite der Tür gespannt ist. Ein schwarzer, ein brauner und ein grauer Anzug hängen an Bügeln, in der Verlängerung der Hosenbeine stehen zwei Paar alte Lederschuhe, die Schuhspitzen zeigen aus dem Schrank hinaus, als ob sie darum bitten würden, endlich wieder einmal spazieren getragen zu werden. Es sind nicht die Möbel der Großmutter, sondern diejenigen des Großvaters, und der Gescheitelte brauchte die Möbel nicht zu transportieren, weil der alte Mann bis zu seinem Tod in diesem Zimmer gelebt hat. Rolfs Hemden hängen genauso in seinem Schrank, denkt Walter, und wenn er nicht nach Bern zurückkehren würde, wären es seine Hemden, die in einem Schrank hängen würden, zumindest so lange, wie Edith sie nicht ausräumen und der Kleidersammlung zuführen würde. Wie lange bleiben Hemden im Schrank eines Verschwundenen hängen und wer wird sie im Fall von Rolf von den Bügeln nehmen? Dieser Schrank ist nicht ausgeräumt worden. Walter stellt sich vor, wie die Hemden verschwinden, eines nach dem anderen, über Jahre hinweg, sie werden von Durchreisenden mitgenommen und in die Welt hinausgetragen, ein schönes Vermächtnis. Er sucht sich eines aus und zieht es an. Es riecht alt und ungetragen. Kragen und Schultern sind ihm zu weit, die Ärmel zu kurz. Aus dem kleinen, gedrungenen und bärenstarken Schweizer Bauer ist ein langer, dünner Bankkaufmann geworden, der Mangel an Sonnenlicht und körperlicher Arbeit hat ihn bleich und kränklich in die Höhe schießen lassen.

Walter nimmt sich einen Stuhl und setzt sich auf den Balkon. Er ist nicht müde, und die kühle, feuchte Nachtluft vertreibt die zwei Biere aus seinem Kopf. Er genießt es, hier zu sein, in Locarno auf einem Balkon zu sitzen und zu wissen, dass niemand weiß, wo er sich aufhält. Die zeitweilige Verlorenheit, dass es keinen Menschen gibt, der ihn benennen und in die festgeschriebene Ordnung von Registern und Akten einfügen kann, gefällt ihm. Er erinnert sich an Paris, wo er lange am offenen Hotelfenster stand und auf die Avenue hinunterschaute. Ein nicht endender Strom von Menschen, Autos und Bussen zog unter seinem Fenster vorbei. Sie alle hatten ein Ziel, auf das sie zusteuerten, eine Verpflichtung oder eine Verabredung, und seine Anwesenheit spielte im Streben all dieser Menschen nicht die geringste Rolle. Gleichzeitig macht ihm die Situation aber auch Angst. Er weiß, dass sie nur von kurzer Dauer ist. Er befindet sich in einem instabilen Übergangszustand, und er fürchtet sich hier, genau wie damals in Paris, davor, dass eine Rückkehr in die alte Ordnung nicht mehr möglich sein könnte. Die Vorstellung einer anhaltenden Verlorenheit erschreckt ihn. Er wünscht sich, Rolf würde neben ihm sitzen, wie damals, als er aus Paris zurückgekommen ist. Er bog in den Holzikofenweg ein, und da, wo der Dachstock seines Hauses hätte sein sollen, war eine große Leere. Zwei Gasflaschen waren in einer der Mansarden explodiert. In der Decke von Walters Wohnung klaffte ein Loch, und das Regenwasser lief an den Wänden hinunter. Auch damals war diese Angst da, dass es nicht so weitergehen würde wie bisher. Es war Rolf, der ihm ein Bier zapfte, ein Glas mit Whiskey füllte und ihn in seiner Wohnung aufnahm. Er hat ihm die Hand auf die Schulter gelegt und ihn beruhigt. Walter wünscht sich Rolfs Hand auf die Schulter und seine Augen, um hineinzuschauen und zu wissen, die Angst ist unbegründet, es geht weiter, es geht weiter wie bisher, und das ist gut so. Damals hatte er seine Schildkröte Moritz und seinen Kneipenwirt Rolf, und beide gaben ihm die Gewissheit, dass er sich nicht neu zu erfinden brauchte, dass er, Jakob Walter, auch ohne seinen alten Job und ohne seine Wohnung weitermachen konnte. Moritz war damals mitten im Winterschlaf, und Walter wusste, dass seine Schildkröte beim Erwachen keine Veränderung an ihm feststellen würde, egal wo er arbeitete und wohnte. Sie erwartete Salatblätter und Gurkenscheiben, und Walter hatte sie damit im neuen Frühling und in Ediths Wohnung begrüßt. Jetzt ist Moritz tot, und Rolf ist verschwunden. Woher soll er die Sicherheit nehmen, dass er noch derselbe ist, der heute Morgen im Briefkasten vergeblich nach der Zeitung gesucht hat? Walter will kein anderer sein, er will keiner sein, der nach Locarno fährt und sich ein Zimmer mietet. Er weiß um die Gefahr, die davon ausgeht, die Gefahr, dass er nicht rechtzeitig oder gar nicht mehr zurückfindet. Er könnte am nächsten Tag nach Domodossola weiterfahren, nach Genua, er könnte ein Schiff besteigen und nach Korsika übersetzen. Bisher gab es in seinem Leben keine Abenteuer, und das war gut so. Er will sich im korsischen Hinterland keinen Separatisten anschließen, er will im Hafen von Ajaccio nicht Partner eines verruchten chinesischen Geschäftsmanns werden, und er will auch nicht in den Armen einer Hafennutte liegen. Die Möglichkeit, dass mit Rolfs Verschwinden und seiner Reise nach Locarno ein Abenteuer beginnen könnte, macht ihm Angst. Er kann nicht sagen, wohin das noch führen wird, und vor der Rückkehr von Edith am Sonntag gibt es keine Möglichkeit, sich seiner selbst zu vergewissern.

VI

Die Sonne scheint durchs Fenster. Ein Stimmengewirr erfüllt das Zimmer, als Walter erwacht. Auf der Piazza Grande haben Händler ihre Marktstände aufgebaut. Es ist Samstag, und die Bauern aus der Umgebung preisen ihr Gemüse an. Die Souvenirverkäufer decken die Touristen mit Andenken ein. Eine Klarinette spielt bekannte klassische Weisen, und die Tauben und Spatzen finden kaum noch einen freien Pflasterstein, um nach den Leckereien zu picken, die das Markttreiben für sie abwirft.

Walter tritt ans Fenster und schaut dem bunten Trubel eine Weile zu, dann schlüpft er in seine Hose und geht den Gang hinunter zum Bad. Die Tür ist angelehnt, aber von innen hört er Wasser rauschen. Er klopft vorsichtig, worauf der Wasserhahn zugedreht wird. Aus der Tür tritt der Barkeeper, seine feuchten Haare sind bereits wieder sauber gescheitelt. Er steckt den Kamm in die Hosentasche und nickt ihm freundlich zu.

Der Schlaf hat Walter gut getan. Er hat die unangenehmen Gedanken in die Ferne gerückt, und die Sonne, die Walter zum ersten Mal seit einer Woche ins Gesicht scheint, als er durch die Tür auf die Straße tritt, verscheucht die beklemmende Stimmung der Nacht endgültig. Die Gäste in der Bar unterscheiden sich deutlich von denjenigen des gestrigen Abends. Zwei elegant gekleidete Damen tauschen in munterem Italienisch und begleitet von ehrlichem Lachen Neuigkeiten aus. Ein älterer Herr mit einem kleinen Hund an der Leine liest mit zusammengekniffenen

Augen die Zeitung, die er auf seinen Knien ausgebreitet hat. Walter setzt sich an ein Tischchen auf dem Gehsteig und nimmt den ersten Schluck aus seiner Cappuccinotasse. Er überlegt sich, was er an einem freien Samstag in Locarno anstellen wird. Dass er eine zweite Nacht bleibt, hat er schon beim Anziehen entschieden. Gut gelaunt hat er dem Gescheitelten eine Fünfzigernote auf die Theke gelegt, und dieser hat genickt und Walters Namen ein zweites Mal ins Gästebuch eingetragen. Die Entscheidung, eine zweite Nacht am selben Ort zu bleiben, ist eine Entscheidung gegen das Abenteuer. Locarno ist nicht der Anfang einer Reise, sondern der Ort, an dem er die Geschehnisse der letzten Tage und seine Gedanken ordnen will, bevor er am Sonntag wieder nach Hause zurückkehrt.

Vor Walter auf dem Boden sitzt ein Kind auf einem Tuch und bietet, neben ausgelesenen Comicalben, die eine und andere Kindheitserinnerung zum Verkauf an. Es sind nicht viele Gegenstände. Das Kind, stellt sich Walter vor, hat in seinem Zimmer lange darum gerungen, welche es entbehren kann. Den Autos blättert von den vielen Rennen durch den Sandkasten und Abstürzen im Treppenhaus die Farbe ab. Einer der Heldenfiguren aus Plastik ist im Kampf ein Arm abgeschlagen worden, einer anderen fehlt sogar der Kopf. Das Kind feilscht mit der nachgeahmten Ernsthaftigkeit der Erwachsenen um den Preis für eine der Bildergeschichten. Der potentielle Käufer ist einen ganzen Kopf kleiner und hält seine Ersparnisse der letzten Woche fest in seiner feuchten Hand. Die blauen Augen leuchten beim Anblick des begehrten Hefts und verraten, dass er bereit ist, einen hohen

Preis zu bezahlen, um den abgegriffenen Comic mit nach Hause zu nehmen. Der ältere Junge schüttelt entschieden den Kopf. Die Münzen des Kleinen genügen ihm nicht. Bittend redet dieser auf ihn ein und erntet dafür nur ein überhebliches Lächeln. Der Kleine zieht sich ein paar Meter zurück, lässt das Objekt seiner Begierde aber nicht aus den Augen. Der ältere Junge widmet sich scheinbar wieder mit ganzer Aufmerksamkeit dem Verkaufen. Hinter seinem Tuch stehend ahmt er die Erwachsenen nach, wie sie stolz auf ihre Produkte hinter den Marktständen stehen. Er ist in einem Zwischenalter, denkt Walter, groß genug, den Reiz am Handel mit echtem Geld zu spüren, er hat rechnen gelernt, und er hat eine Vorstellung davon entwickelt, was Geld bedeutet, noch aber ist er zu klein, um sich am Versprechen der Münzen in seiner Tasche mehr zu freuen als an den Spielsachen auf seinem Tuch. Vom Kind schweift Walters Blick zum Metzger, der seinen Wagen schräg gegenüber aufgestellt hat und in seiner Haltung dem Kind als Vorbild dient. Mit dickem Bauch und verschränkten Armen beobachtet er das Treiben vor seinem Wagen. Obwohl sich niemand für seine Auslage interessiert und sich vor dem Wagen des zweiten Metzgers eine lange Schlange bildet, hält er die Zuversicht aufrecht, die es braucht, um Käufer an den eigenen Marktstand zu locken. Er nickt den Passanten freundlich zu, auch wenn sie weder ihn noch seine Auslage eines Blickes würdigen, nicht einmal eine Tüte seines Konkurrenten in der Hand einer Passantin hält ihn davon ab, den Blickkontakt mit ihr zu suchen. Walter bewundert den Metzger für seine Freundlichkeit angesichts des ausbleibenden Erfolgs. Er fragt sich, weshalb die

Leute seine Freundlichkeit nicht belohnen. Wenn sie ihn heute wenigstens grüßen würden, vielleicht würden sie dann nächste Woche etwas kaufen. Aber die Leute gehen so achtlos vorbei, als ob sie sich selbst davor schützen wollten, jemals in Versuchung zu geraten, ihm eine Lammkeule oder einen Schweinebraten abzukaufen. Walter versteht die Leute und ihre Strenge nicht. Was hat der Metzger ihnen angetan? Oder ist das Ganze ein Machtspiel? Ist der Metzger neu auf dem Markt? Wollen sie ihm seine Freundlichkeit austreiben? Walter bezahlt seinen Cappuccino und steht auf. Er geht auf den Stand des Metzgers zu. Vielleicht ist es nur der erste Kunde, der ihm fehlt, denkt er, das wäre schön, wenn er eine Reihe weiterer Kunden an den Stand locken könnte. Während er sich dem Stand nähert, sucht der Metzger auch seinen Blick und findet ihn. In dem Moment aber, in dem er Walter zunickt, springt sein Ausdruck um wie auf einem Vexierbild. Walter erschrickt, das zuversichtliche Lächeln des Metzgers ist nicht mehr ein freundliches, plötzlich ist es ein fieses Lächeln. Obwohl er dem Stand eigentlich schon zu nahe gekommen und seine Absicht, etwas zu kaufen, deutlich geworden ist, dreht Walter ab. Während er davongeht, werden in seinem Kopf, ohne dass er etwas dazutut, Bilder von Bösewichten zusammengeschnitten, bis der Metzger jeder Gutmütigkeit beraubt ist. Am Ende der Assoziationskette steht ein brutaler Kerl, der nach einem Markttag aus purer Bösartigkeit seine Frau schlägt, seinen Sohn an den Ohren packt und in sein Zimmer sperrt und der Katze, die friedlich auf dem Fußabtreter schläft, einen Tritt verpasst. Ist es möglich, dass sich Walter getäuscht hat, dass sich das wahre Gesicht des Metzgers erst im direkten Blickkontakt offenbart? Zwei Marktstände weiter wagt Walter einen Blick zurück. Die Arme des Metzgers sind nicht mehr verschränkt, in Erwartung des Kunden hat er sie vom Körper genommen. Er stützt sich auf seiner Kauflade ab und hält den Kopf gesenkt. Die Enttäuschung ist seiner Haltung anzusehen. Es ist nichts Bedrohliches mehr an seiner massigen Gestalt, nur noch Traurigkeit. Walter schämt sich. Seine Wahrnehmung hat ihm einen Streich gespielt. Sie hat sich im letzten Moment vom Misstrauen der übrigen Marktbesucher anstecken lassen, dabei wollte er dagegen antreten. Er biegt in die erstbeste Straße ein, die von der Piazza Grande abgeht. Die Lust, den Marktständen entlang zu schlendern, ist ihm vergangen.

Die willkürlich gewählte Richtung führt ihn zum Casino, wo er sich auf eine Bank setzt. Den Touristen, die an ihm vorbeigehen, ist die Erleichterung über das lang herbeigesehnte gute Wetter anzusehen. Beschwingt weichen sie den Pfützen aus, die von der Sonne noch nicht getrocknet worden sind. Sie sind übermütig und lachen dankbar über die Scherze ihrer Mitreisenden. So hat Walter sich das vorgestellt, in Locarno vor dem Casino auf einer Bank sitzen und in Ruhe über alles nachdenken. Hier in der Sonne und nicht am Aareufer im Regen will er herausfinden, was es bedeutet, dass seine Schildkröte gestorben und Rolf verschwunden ist. Hier scheint ihm auch die Frage, weshalb er in Bern lebt, viel weniger bedrohlich als im düsteren Untergeschoss des Berner Hauptbahnhofs. Die Dringlichkeit, eine Antwort zu finden, die am gestrigen Morgen keinen Aufschub duldete, ist in Locarno verlorengegangen. Er lebt seit zehn Jahren in Bern, und es gab Zeiten, da hat er sich wohl gefühlt. Es gibt keinen Grund, gerade jetzt nicht mehr in Bern leben zu wollen, genauso gut kann er sich diese Frage in fünfzehn Jahren wieder stellen. Ein Vierteljahrhundert, das ist lange, zehn Jahre, das ist keine Zeitspanne, über die er sich Sorgen zu machen braucht. Es ist nichts als normal, dass es in zehn Jahren bessere und schlechtere Zeiten gibt. Walter freut sich über den Ansatz einer Antwort, die er für den Umgang mit seiner Frage gefunden hat, obwohl er weiß, dass sie nicht von Dauer sein wird und den Zweifeln in ihm eher morgen Sonntag als in fünfzehn Jahren nicht mehr genügen wird. In der wiedergewonnenen Unbeschwertheit, die ihn auf der Parkbank an der Sonne überkommt, ertappt er sich beim törichten Gedanken, dass Rolf wieder aufgetaucht ist, dass er am Montagmorgen seine Kneipe öffnet und alle, die aufdringlich nachfragen, streng mustert und mit der Bemerkung zum Schweigen bringt, ob sie ihm nach all den Jahren nicht einmal eine lausige Woche Ferien gönnen mögen.

Eine kleine, aber schnell wachsende Ansammlung von Menschen auf der Straße, die vor Walter am Casino vorbeiführt, lenkt ihn von seinen Gedanken ab. Auf der Wiese werden Scheinwerfer aufgestellt, Sonnensegel und Reflektoren aufgefaltet, und eine Kamera wird auf einem Stativ festgeschraubt. Die Menschen beobachten das Geschehen neugierig und warten geduldig auf die Auflösung des Rätsels, wer an diesem Sommertag zwischen den Palmen in Locarno fotografiert wird. In Erwartung von Prominenz hat sich auf der Straße schon nach wenigen Minuten ein

Halbkreis gebildet. Walter sitzt den versammelten Menschen gegenüber. Ein Kind macht einen Luftsprung und zeigt begeistert auf ihn. Alle Blicke bündeln sich in seine Richtung. Für einen Augenblick vergisst er die Kamera und die Scheinwerfer, und der Halbkreis aus Menschen steht direkt vor ihm. Da ist er! Der Freund des Ertrunkenen! Noch während es Walter kalt den Rücken hinunterläuft, wird er sich der Kamera wieder bewusst. Das Kind hat nicht auf ihn gezeigt, und auch der Mann im schwarzen Anzug mit der Sonnenbrille im Haar, der auf ihn zukommt, meint nicht ihn, sondern denjenigen, der eben aus der Glastür des Casinos tritt. Von der Sonne geblendet bleibt er einen Moment stehen, lächelt und hebt dann die Hand zum Gruß. Das Kind winkt begeistert zurück. Walter erkennt den jungen Mann erst auf den zweiten Blick. Es ist Roger Federer, der Tennisspieler. Walter kannte ihn bisher nur in Sportbekleidung auf grünem Rasen oder rotem Sand, vor dem Casino in Locarno aber präsentiert er sich im eleganten Anzug. Das Lächeln auf seinem Gesicht hat Bestand und ist von gewinnender Ehrlichkeit. Er scheint sich tatsächlich darüber zu freuen, dass er von einer Hand voll Menschen empfangen wird, obwohl ihm vor wenigen Tagen noch tausende zugejubelt haben. Das Strahlen auf seinem Gesicht weicht in seiner Qualität nicht vom Strahlen auf dem Gesicht des Kindes ab. Es ist denn auch das Kind, das die Aufmerksamkeit des Stars zuerst gewinnt. Irgendwoher zaubert Herr Federer, wie ihn Walter in Gedanken nennt, einen Tennisball und wirft ihn dem Kind zu. Der Kleine hüpft vor Freude und sein Vater platzt fast vor Stolz, wobei er seine erzieherischen Pflichten nicht vernachlässigt und er seinen Sohn anweist, sich artig zu bedanken. Das Kind aber ist viel zu aufgeregt, um dem Wunsch des Vaters nachzukommen, und beinahe fängt der Vater in seiner ebenfalls großen Erregung deshalb einen Streit mit dem Kind an. Herr Federer entschärft die Situation sehr professionell, indem er sich abwendet und erste Autogrammwünsche erfüllt. Der Auftritt des Tennisspielers vor dem Casino in Locarno scheint nicht angekündigt worden zu sein. Die Menschen strecken ihm alles möglich hin, auf das er seine Unterschrift setzt. Belustigt beobachtet Walter, wie eine junge Frau in ihrer Handtasche verzweifelt nach einem Fetzen Papier oder einem anderen geeigneten Gegenstand sucht, auf dem sich der Star mit seinem schwarzen Filzstift verewigen könnte. Herr Federer meistert auch diese Situation mit viel Geschick, indem er ihr unaufgefordert eine seiner Autogrammkarten hinstreckt.

– Entschuldigen Sie.

Der Mann im schwarzen Anzug hat sich neben Walter aufgebaut.

– Es wird hier gleich fotografiert. Würde es Ihnen etwas ausmachen, sich auf eine andere Bank zu setzen? Hier sind Sie im Bild.

Walter schaut auf. Das Gesicht hinter der Sonnenbrille ist jungenhaft. Fast kein Bartwuchs, geht es Walter durch den Kopf, nur auf der Oberlippe ein paar längere blonde Härchen, die sollte er sich abschneiden.

– Wie alt sind Sie?

Walter erschrickt. Wieder so eine Frage, die von seinen Gedanken an die Oberfläche gekehrt wird. Natürlich erwartet er keine Antwort, und um das

Missgeschick zu vertuschen, steht er eilig auf und weist auf eine Bank etwas weiter weg.

– Ist die in Ordnung?

Der Mann, dessen Miene und Haltung sich in Erwartung eines Machtspiels mit einem uneinsichtigen Spaziergänger verfinstert haben, lässt sich von Walters Einlenken beschwichtigen.

– Da sehen Sie auf den See hinaus. Und das Wasserspiel.

Walter zögert. Er möchte nicht auf den See hinausschauen. Die trügerisch glatte Wasseroberfläche und das Plätschern des Wasserspiels erinnern ihn an die Aare und an Rolf. Er zeigt auf die Bank näher beim Casino.

– Ist die da drüben auch gut?

– Natürlich. Die ist sehr gut. Roger ist Ihnen sehr verbunden.

Er nennt Herrn Federer beim Vornamen, denkt Walter, während er die Autogrammkarte, die ihm der junge Mann als Dankeschön für sein Verständnis überreicht, entgegennimmt und in die Jackentasche steckt. Ob er seine Vertrautheit mit dem großen Tennisspieler zum Ausdruck bringt, damit er trotz seiner Jugend ernst genommen wird? Walter setzt sich auf die Bank beim Casino und schaut dem Treiben noch eine Weile zu. Der junge Mann geht zu Herrn Federer und sagt ihm etwas ins Ohr, dieser nickt und gibt noch ein letztes Autogramm, dann drückt er einer blonden Frau einen Stapel Autogrammkarten in die Hand, die an all jene verteilt werden, die noch kein Autogramm erhalten haben. Herr Federer sei ihm verbunden, denkt Walter, wie kommt der junge Mann darauf, so etwas zu behaupten? Es gibt keinerlei

Verbindung zwischen ihnen. Herr Federer wird in Szene gesetzt, und er muss sie verlassen, obwohl er nur im Hintergrund sitzt. Aber vielleicht wünscht sich der für seine Höflichkeit bekannte Weltstar, dass seine Mitarbeiter nicht nur mit jubelnden Anhängern, sondern auch mit störenden Passanten freundlich umgehen.

Nach einer weiteren halben Stunde, in der kein einziges Foto gemacht wird, verlieren die meisten Schaulustigen ihr Interesse an der Situation. Der Halbkreis lichtet sich, und auch Walter steht auf und geht, um die Arbeit des Fotografen nicht noch einmal zu stören, in einem großzügigen Bogen um die Szenerie herum. Das muss er Edith erzählen. Seit Herr Federer große Erfolge feiert und für seinen Stil, seine Grazie und Vollkommenheit in der Presse über den Sportteil hinaus Anerkennung findet, interessiert sich seine Frau für Tennis. Sie hat ihre Stimme für ihn abgegeben und sich sehr gefreut, als er zum Schweizer des Jahres gewählt wurde. Einmal ist sie sogar mitten in der Nacht aufgestanden, um ein wichtiges Spiel live im Fernsehen mitzuverfolgen. Die wird Augen machen, wenn er ihr erzählt, dass Herr Federer ihm verbunden ist.

Ziellos geht Walter durch Locarno und landet immer wieder da, wo er schon war, auf der Piazza Grande. Dieser Platz, denkt er, ist die Stadt, ohne ihn würde es sie nicht geben. Eine Ansammlung von Häusern vielleicht, ein Gemüsehändler, ein Schuhmacher, aber bestimmt kein Supermarkt, kein Parkhaus und kein Casino. Vermutlich wäre ohne diesen Platz überhaupt niemand auf die Idee gekommen, ein Haus zu bauen.

Der Rasen vor dem Casino würde nicht gemäht, sondern von Kühen abgefressen, und niemand hätte die Mühe auf sich genommen, hierhin Schienen zu verlegen. Da wo die Gleise liegen, würde ein unbefestigter Weg beginnen, der die Menschen in die nächste größere Stadt bringt, wo sie ihr Gemüse und ihre Früchte verkaufen. Der Metzger, der übellaunig vom Markt nach Hause kommt, würde sein Kind am Ohr ins Haus zerren. Die Katze würde sich im Nachbarsstall verkriechen, noch während er durch den Garten aufs Haus zugeht, in dem seine Frau das Essen auf den Tisch stellt und den Deckel in der Hoffnung vom Topf nimmt, dass der gute Duft die schlechte Laune vertreibt. Im Stall würde ein Junge erschrocken von seinem Comicheft aufschauen, wenn die Katze vom Fenstersims über die Strohballen auf den Boden springt. Erleichtert darüber, dass es nur die Katze ist, die vor ihm steht, wird er sie kraulen und auf seinen Schoss setzen, wo sie sich zufrieden niederlässt.

Es sind Zufälle wie die Piazza Grande, die über Aufschwung und Wohlstand von Städten entscheiden, denkt Walter. Wäre vor langer Zeit ein einflussreicher Bauer auf die Idee gekommen, den neuen und größeren Stall mitten im Dorf zu bauen, um seine vorherrschende Stellung zu demonstrieren, Locarno hätte es nie über ein mittleres Bauerndorf hinaus gebracht und wäre in der Neuzeit in der Bedeutungslosigkeit von Gemeinden, die zu klein sind, um eigenständig zu überleben, und zu stolz, um sich mit den Nachbarn zusammenzutun, verschwunden.

VII

– Das ist doch Jakob!

Die vier Worte bohren sich in Walters Rücken, und er dreht sich einem Reflex folgend um, bevor er Zeit hat, sich ihrer Konsequenz bewusst zu werden. Er dreht sich um und gibt den Worten damit Recht, statt weiterzugehen und den Inhalt des Satzes an seinem Rücken abprallen zu lassen. Er will niemandem begegnen, nicht an der Uferpromenade in Locarno, nicht jetzt, als er sich endlich vorgewagt hat, ans Ufer und aufs Wasser hinausblickt, das ihm seit gestern nicht mehr geheuer ist. Wenn er weiter gehen würde, die Worte ungehört verklingen ließe, würde er sie ihrer Bedeutung berauben, und der Rufer würde es kein zweites Mal wagen, sie auszusprechen, weil sein erster Ruf nicht zu überhören gewesen ist. Er wäre davon ausgegangen, dass der Rücken nicht bestätigt, was die Seitenansicht versprochen hat.

– Jakob Walter. So was.

Ein etwas beleibter, nicht mehr junger und noch nicht alter Mann kommt mit ausgestreckten Armen auf Walter zu. Kurz bevor er ihn erreicht, nimmt er seine Arme zurück, als ob ihm bewusst würde, dass die Geste der Umarmung eine übertriebene ist.

– Frank?

Frank Bochsler, der stille und fleißige Sachbearbeiter im Finanzamt, der die Herrschaft des lauten und vulgären Meier nicht mehr ertragen hat und dem, Dank seinem Fleiß und seiner Loyalität zur christlichen Volkspartei, ein Leitungsposten in der eidgenössischen Steuerverwaltung übertragen worden ist. Bochsler war es, der Edith ihren Aufstieg von der Empfangsdame zu seiner persönlichen Sekretärin ermöglicht hatte.

– Was machst du denn hier?

Weil Walter schon von dieser einfachen Frage überfordert ist, konzentriert er sich auf Bochslers Begleitung und sucht den Augenkontakt mit ihr, damit sie sich vorgestellt werden.

– Das ist meine Frau. Kim. Das ist Jakob. Weißt du? Damals im Finanzamt. Er hat Meier …

Bochsler bricht ab, und Kim lächelt höflich. Walter sieht ihr an, dass sie keine Ahnung hat, wovon ihr Mann spricht.

– Er hat Meier den Kiefer ausgerenkt.

Das Lächeln auf Kims Gesicht wird breiter.

– Das waren Sie?

– Das war er.

Walter glaubt auf Bochslers Gesicht Stolz und auf demjenigen seiner Frau Bewunderung auszumachen. Beides ist ihm unangenehm. Der Faustschlag ins Gesicht seines Vorgesetzten war keine Heldentat, auch wenn er im Nachhinein von Edith zu einer solchen hochstilisiert worden ist. Es belastet sein Gewissen schon genug, dass sein Aussetzer nicht bestraft worden ist. Anerkennung ist das Letzte, was er verdient.

– Edith hat mir alles erzählt.

Natürlich, seine Frau hatte sich nicht damit begnügt, Meier mit Unwahrheiten von einer Klage wegen Körperverletzung abzubringen, sie hatte das Gerücht über ihre Verbindung und Meiers Belästigungen auch unter den Mitarbeitern gestreut, um Walter in ein besseres Licht zu rücken. Tatsächlich waren alle froh um die Erklärung, die Edith für seinen

Faustschlag in Meiers Gesicht anbot, auch er selbst, dem seine Tat ebenso unverständlich war wie allen anderen. Dass Meier die weiblichen Angestellten jüngeren Alters gerne um die Schultern oder die Hüfte fasste, war niemandem verborgen geblieben, es war eine durchaus plausible Erklärung, dass Edith ihrem Freund von der aufdringlichen und lästigen Nähe des Chefs erzählt hat. In Ediths Version betrat Walter daraufhin das Büro des Chefs und stellte ihn zur Rede. Auf eine ungeschickt besänftigende Bemerkung hin konnte Walter seine Wut nicht zurückhalten und streckte den grau melierten Mittfünfziger mit einer harten rechten Geraden nieder.

– Die hätte aus meiner Schule sein können.

Bochsler gluckst, und Kim stimmt in sein Lachen ein. Bochsler war Boxtrainer und betreute die Junioren beim Boxclub Nordring.

– Ziehst du immer noch künftige Weltmeister groß?

– Ich wäre schon dankbar, wenn ich wieder einmal einen mit dem Potential zum Regionalmeister in den Ring bekommen würde. Spielen alle nur noch Fußball. Das letzte Talent wurde nach fünf Jahren harter Arbeit kurz vor dem ersten Ernstkampf mit seiner ganzen Familie nach Nigeria ausgeschafft. Er hätte sie alle geschlagen. Eine Tragödie.

Nach einem kurzen Moment von Betroffenheit auf den Gesichtern von Bochsler und seiner Frau, aus dem Walter schließt, dass Kim am Leben ihres Mannes Anteil nimmt, kehrt das Lächeln auf ihr Gesicht zurück.

– Wie wär's mit einer Neubelebung Ihrer Karriere? Frank trainiert jetzt auch Erwachsene.

Walter schickt sich ins Unvermeidliche und stimmt ins Lachen über Kims Bemerkung ein. Dieses Wiedersehen kommt nicht zu einem schnellen Ende. Tatsächlich nimmt Bochsler die Vorlage seiner Frau dankbar an und lädt auf ein Bier ein. Er erzählt von seiner Stelle im Parteisekretariat, die er, kurz bevor Walter sein Pult in der Steuerverwaltung eingerichtet hat, angetreten hatte. Er bedauert ehrlich, dass sie sich so knapp verpasst hätten, und betont, dass er Walter als Mitarbeiter immer geschätzt habe. Nach einem zweiten Bier besteht Bochsler darauf, dass Walter das Gästezimmer ihres Ferienhauses bezieht.

– Danke. Ich habe ein schönes Zimmer an der Piazza Grande.

– Das kommt nicht in Frage. Du bist heute Abend unser Gast.

Walter versucht ihn davon zu überzeugen, dass er ihnen auf keinen Fall zur Last fallen will, aber sein ehemaliger Kollege hört ihm nicht zu. Er bezahlt die Biere und freut sich, die Rolle des väterlichen Gastgebers spielen zu dürfen. Er geht voran und lässt sich den Weg zur Bar weisen, in der Walter das Zimmer gemietet hat. Kim bietet ihm herzlich das Du an, verfällt gleichzeitig in einen Plauderton und hängt sich bei ihm ein. Körperliche Nähe ist Walter grundsätzlich unangenehm, aber er findet keinen Satz, keine Geste, die ihm hilft, sich von der Frau seines ehemaligen Kollegen zu lösen, ohne unhöflich zu sein. Sie erkundigt sich nach Edith und anderen ehemaligen Mitarbeitern ihres Mannes, und bevor Walter ihr versichern kann, dass mit Edith alles in bester Ordnung sei, tritt Bochsler wieder aus der Bar. Er winkt triumphierend mit einer Fünfzigernote. In seiner freundlichen, aber bestimmten Art hat er Walters Geld ohne Diskussion zurückbekommen.

– Hol dein Gepäck. Ich versuche inzwischen ein Taxi zu finden.

Sein Gepäck, Walter zögert, er hat kein Gepäck. Seine Umhängetasche hat er dabei, im Zimmer hat er keine persönlichen Gegenstände zurückgelassen. Dennoch verschwindet er im Treppenhaus, er kann nicht ohne Gepäck zurückkommen, das würde unvermeidlich zu Fragen führen, die er nicht beantworten könnte, ohne mit dem Besuch von Rolfs Kneipe am gestrigen Morgen anzufangen. Im Zimmer öffnet er den Schrank und nimmt das Hemd mit den zu kurzen Ärmeln vom Bügel. Auf dem Boden des Schranks liegt eine alte Plastiktüte der Migros. Ihrem Design nach liegt sie da schon seit mindestens dreißig Jahren. Er packt das Hemd in die Tüte, auf dem Tisch liegt eine Schachtel Streichhölzer, die er ebenfalls einsteckt. Vor dem Bücherregal bleibt er unschlüssig stehen. Er sucht einen Namen, den er kennt. Lange ist es her, dass er ein Buch gelesen hat. Er kennt keinen der Namen auf den Buchrücken. Er nimmt ein beliebiges und schlägt es auf, es ist italienisch. Er steckt es trotzdem in die Plastiktüte, damit diese etwas voller aussieht. Als er sich beim Gescheitelten bedankt und sich verabschiedet, steht das Taxi auf der Straße schon bereit. Kim ist vorne eingestiegen, und Bochsler hält ihm die Tür auf. Im Taxi breitet Bochsler seine Arme über die Rücklehne aus und erkundigt sich nach Edith.

– Ich habe es immer geahnt. Du und Edith. Da hat's gleich gefunkt, nicht?

Walter ist erleichtert, dass sein merkwürdiges Gepäckstück keinen Argwohn erweckt hat. Seine Sorgen sind umsonst, für Bochsler und seine Frau verbringt er das Wochenende in Locarno, wie es hunderte tun. Er versucht, sich auf dem kühlen, schwarzen Leder des Mercedes zu entspannen, ohne seinen Kopf auf Bochslers Arm zu legen, und er gesteht sich ein, dass ihm die Gesellschaft gut tut.

– Gefunkt? Explodiert ist er.

Es ist eine seltsame Geschichte, und Walter schämt sich auch heute, fünf Jahre danach noch dafür, dass er grundlos einen Menschen geschlagen hat. Zwei Wochen hat er nach der unvermeidlichen fristlosen Entlassung in der Ferienwohnung von Rolfs Tante gewohnt. Aber auch die Berge haben Walter keine Erklärung dafür geliefert, was passiert war. Er hat Meiers Büro mit der Forderung nach einer übertriebenen Gehaltserhöhung betreten, aber das war mit Sicherheit nicht die Ursache für seinen Aussetzer. Wenigstens ist er sich in den Bergen dank den schmerzenden, blau und grün geschwollenen Fingern seiner Schuld bewusst geworden. Er erinnert sich gut, wie er im Supermarkt vor dem Regal stand und unter den bunten Ferienpostkarten nach einem geeigneten Motiv suchte, das seine schriftliche Entschuldigung begleiten würde. Er hat sich für Alpenblumen entschieden, die Karte aber nie abgeschickt. Lange ist ihm das milde Lächeln, mit dem Meier auf seine Forderung reagiert hat, nachgegangen. An den Schlag selbst, wie seine Faust über die gerahmten Fotografien von Meiers Familie hinweg schnellte und das Grübchen auf seinem Kinn traf, und daran, wie er danach aus dem Büro gegangen ist, erinnert er sich nur schwach. Natürlich hat er Meier nicht gemocht, er war ein unangenehmer Mensch, aber das konnte kein ausreichender Grund sein, ihm den Kiefer auszurenken. Sein Humor war derb und nicht nur auf dem Gebiet des Komischen trampelte er regelmäßig über die Grenze des guten Geschmacks hinweg. Trotz seines fehlenden Feingefühls im zwischenmenschlichen Umgang, konnte Walter ihm nicht absprechen, dass er gerecht war, eine Qualität, die ihn als Chef auszeichnete. Nachdem Walter aus den Bergen wieder nach Hause gekommen war, hat Edith sich seiner angenommen. Die flüchtige Bekannte vom Empfang lieferte ihm die Erklärung für sein Verhalten, wie sie es davor schon den Mitarbeitern und dem Geschädigten selbst dargelegt hatte. Sie saßen sich in der Markthalle gegenüber, zwei Barhocker, vor ihnen eine Jugendstilzuckerdose aus Silber, aus der ein langer Löffel ragte. Walter glaubt heute noch das Muster der Verzierungen nachzeichnen zu können, so lange hat er die Dose an jenem Abend angestarrt. Sie sei am nächsten Morgen die erste gewesen, die in Meiers Büro gewesen sei, erzählte ihm Edith, sie habe auf ihn gewartet. Er sei etwas später als gewöhnlich mit verbundenem Kopf im Büro erschienen und habe kaum sprechen können. Sie erklärte ihm, dass sie und Walter sich in den letzten Wochen näher gekommen seien und dass er ihre Klagen über Meiers übergriffige Nähe wohl zu ernst genommen habe. Sie bitte ihn aber, auf Schritte, die über eine Entlassung hinausgingen, zu verzichten, ansonsten würde sie sich gezwungen sehen, weitere Personen über seine unangenehmen Berührungen zu unterrichten. Meier ging auf ihren Vorschlag ein und sah von einer Klage wegen Körperverletzung ab. Walter wusste nicht, wie er Edith für ihre Hilfe danken konnte, und starrte auf die Zuckerdose, auch weil er sich Mühe geben musste, seine Irritation über die Vorstellung, er und Edith könnten ein Paar sein, zu verbergen. Wenig später ist er bei ihr eingezogen.

Das Taxi hält vor einem unscheinbaren Haus, von denen in den letzten Jahrzehnten rund um Städte herum so viele gebaut worden sind.

– Was macht sie denn, deine Edith, dass du allein nach Locarno fährst?

Walter erzählt vom Besuch bei den Eltern und der Krankheit der Mutter.

– Und weil die Frau bis Sonntag weg ist, gönnst du dir ein Wochenende im Süden.

Walter will nicht weiter über seine Reise reden. Es ist ihm unangenehm, wenn er gezwungen wird, Handlungen zu erklären, für die es keine Erklärung gibt. Er ist nach Locarno gefahren. Er hat vergeblich versucht, ein Halbpreisabonnement zu kaufen. Er hat mit einer Polizistin telefoniert. Rolf ist verschwunden. Er hat Ruth getroffen. Er hat zwei Kindern ein Abzeichen abgekauft. Er ist von Moser auf ein Picknick an der Aare eingeladen worden. Er hat im Briefkasten vergeblich nach der Zeitung gesucht. Aber darüber, wie das alles zusammenhängt, möchte er lieber nicht reden.

– Ein schönes Haus habt ihr.

– Kim hat sich unter einem Wochenendhaus ja eher ein verwunschenes Rustico in einem Seitental vorgestellt. Aber ich bin nicht mehr der Jüngste, und die Treppen und Schluchten sind im Rollstuhl schwer zu überwinden. Von hier aus rolle ich ohne Probleme nach Ascona und Locarno.

Walter staunt, mit welcher Selbstverständlichkeit Bochsler vom Alter redet. Ihm ist aufgefallen, dass Bochsler beim Gehen einen Fuß nachzieht.

– Dein Fuß? Ist das ernst?

Bochsler lacht.

– Ist mir beim Boxen nie passiert. Aber Kim spielt lieber Tennis.

Inzwischen hat Bochsler die Plastikhaube vom Gasgrill genommen, und Kim überreicht ihm einen Teller mit marinierten Fleischspießchen.

– Die Vorspeise. Ein altes Familienrezept.

Kim nimmt die Rolle der Hausfrau und Gastgeberin ein, während Bochsler sich an den Grill stellt. Walter setzt sich auf einen Gartenstuhl und schaut auf den kurz geschnittenen Rasen hinaus. Ein Weg aus Steinplatten führt zu einem sauber gejäteten Rosenbeet. Auf der einen Seite wird der Garten von einem blickdichten Holzzaun, auf der anderen von einer Thujahecke abgeschlossen. Kim setzt sich neben ihn.

– Manchmal macht mir diese Biederkeit Angst. Aber bis heute hat er seinen Humor dabei nicht verloren.

Walter fühlt sich ertappt. Das Häuschen, der Grill und der Rasen geben tatsächlich ein Bild ab, in das er Bochsler, wie er ihn kennt, nicht hineingesetzt hätte. Es ist ihm klar, dass Edith und er auch kein aufregendes Leben führen, aber immerhin wohnen sie im Breitenrain, einem lebendigen und gemischten Stadtquartier. Moser ist nur einer von vielen, die Zeitschriften gestalten, in Jazzkellern Klavier spielen oder mit einer Fotokamera durch die Stadt ziehen. Im

Breitenrain wird für die Erhaltung der Postfiliale gekämpft, jeden Monat öffnet eine neue Kinderkrippe ihre Türen, die Straßen sind verkehrsberuhigt, und die Stadt investiert in Spielplätze. Walter gehört dazu, er ist Einwohner des zukunftfreundlichsten Stadtteils von Bern, obwohl er mit seiner Nachbarschaft nicht viel mehr als ein freundliches Grüßen im Treppenhaus und ein Winken auf der Straße teilt.

– Es ist nicht der Fuß. Es ist die Hüfte. Das Gelenk wurde vor zwei Jahren ersetzt. Das Treppenlaufen macht ihm Mühe. Nächstes Jahr ist das andere Hüftgelenk dran.

Kim dämpft ihre Stimme, damit sie vom Zischen der Fetttropfen auf dem Grill übertönt wird.

– Der Rollstuhl war nicht nur ein Scherz. Im Ring steht er schon lange nicht mehr. Nicht einmal während der Trainings.

Kim klärt ihn über das Leiden ihres Mannes auf, während dieser fröhlich pfeifend in die Küche hinkt, um Salz und Pfeffer zu holen. Vielleicht machen sie das immer so, denkt Walter, weil Bochsler nicht gerne darüber spricht, hat es Kim in die Hand genommen, die Bekannten über sein Gebrechen zu informieren, während er so tut, als ob er nichts davon mitbekäme. Walter hat keine Ahnung, wie alt Bochsler ist. Mit Sicherheit ist er zu jung für ein künstliches Hüftgelenk. Wie schafft es der Boxtrainer, sich seine Unbeschwertheit zu erhalten? Walter beobachtet Bochsler, wie er am Grill steht, und sucht vergeblich nach Rissen in der Fröhlichkeit seines Gastgebers. Er ist ein durch und durch ehrlicher Mensch. Schon auf dem Finanzamt waren die Aufrichtigkeit und die Unfähigkeit zur Intrige Bochslers meistgeschätzte

Eigenschaften. Aus seinem Mund waren einzig gesicherte Tatsachen zu erfahren, kein Gerücht, keine Ahnung oder Anspielung war ihm je über die Lippen gekommen. Er spekulierte nicht, er redete erst, wenn er die Fakten abgeklärt hatte. Vielleicht ist es Gott und seine von Gott gegebene Frau, die ihm Kraft geben. Er fragt sich, ob Bochsler ins geweihte Wasser von Lourdes steigt, ob er sich von Priestern die Hand auflegen lässt, ob er auf Knien betet, obwohl er von Schmerzen geplagt wird. Eine Prüfung Gottes. Ohne Glauben war die Stelle im Parteisekretariat der christlichen Volkspartei bestimmt nicht zu bekommen, aber dass Bochsler so weit geht, sein Schicksal als auferlegtes zu akzeptieren, glaubt er nicht. In irgendeiner Weise muss sich Bochsler dagegen auflehnen, dass er nicht mehr in den Ring steigen kann, irgendwo nagt es an ihm, auch wenn Walter keine Ahnung hat, wie oder wo.

Nach dem Essen zündet Bochsler eine Zigarre an.

– Du lässt es dir gut gehen.

Bochsler hebt die Zigarrenschachtel und hält sie Walter hin. Dieser lehnt das Angebot dankend ab.

– Ich war nie richtig gut. Nicht als Boxer. Nicht als Buchhalter. Ich war immer Durchschnitt. Du glaubst nicht, wie dankbar ich diesem Land bin. Es ermöglicht mir trotzdem, es beim Genießen weit zu bringen. Ich liebe die Schweiz dafür, dass sie auch durchschnittliche Leistungen mit Wohlstand belohnt. Ich bin überzeugt, dass dies die größte Errungenschaft und Qualität unseres Landes ist.

Nationalfeiertag war gestern, geht Walter durch den Kopf. Bochsler erhebt sich und kommt, wie um seiner Aussage das nötige Gewicht zu verleihen, mit einer Flasche Grappa an den Tisch zurück.

– Ein fantastischer Tropfen.

Diesmal lehnt Walter das Angebot nicht ab, und während die Kinder in der Nachbarschaft die vom Vortag übrig gebliebenen Knallfrösche und Chinaböller zur Explosion bringen, kommt Walter zur Einsicht, dass er Bochsler falsch eingeschätzt hat. Er fragt sich, wie es dazu gekommen ist. Auf dem Finanzamt war die Meinung von Bochsler keine allzu hohe. Walter muss befürchten, dass er, ohne es zu bemerken, die Ansichten des Meinungsführers Meier übernommen hat, für den Bochsler ein fleißiger und treuer Helfer auf seinem Weg nach oben war. Nie hätte Meier seinem Mitarbeiter zugetraut, dass er sich von ihm lossagen und eine eigene Karriere in der Bundesverwaltung starten würde.

Nachdem sie mehrere Minuten geschwiegen haben und Kim das Geschirr abgetragen hat, erkundigt sich Bochsler nach seinen ehemaligen Mitarbeitern. Walter berichtet vom einhelligen Bedauern über Bochslers Abgang, den Mühen, die der neue Leiter gehabt hat, und den Eingeständnissen, die er hat machen müssen, nachdem er in den ersten Monaten die Strukturen grundsätzlich hatte verändern wollen.

– Alles habe ich nicht falsch gemacht.

Walter ist froh, dass er Bochsler nun für seine Verdienste loben kann. Es ärgert ihn, dass er Meiers geringer Meinung von Bochsler aufgesessen ist. Kim kommt an den Tisch zurück. Bochsler legt ihr zärtlich den Arm um die Hüften und zieht sie an sich. Sie hält ihm die Wange zum Kuss hin und setzt sich zwischen die beiden Männer. Ein ganz normales Leben, denkt

Walter, ein ganz normales, gutes Leben, das die beiden führen. Die Sonne steht tief am Horizont und taucht den Garten in ein warmes Licht. Das Schweigen, das über dem Tisch liegt, ist nicht unangenehm, es gibt keinen Grund, dem Gespräch neuen Schwung zu geben, alle drei sind satt und zufrieden. Bochsler zieht ein letztes Mal an seiner Zigarre, dann drückt er sie langsam aus. Er schüttelt seine Armbanduhr auf die richtige Position am Handgelenk und steht auf.

– Es ist gleich halb acht. Du musst mich entschuldigen, als Parteisekretär darf ich die Tagesschau nicht verpassen.

VIII

An der Decke von Bochslers Gästezimmer hängt ein oranger Lampenschirm aus den siebziger Jahren, an der Wand ein schlichtes Holzkreuz, und neben der Tür steht ein billiger Kleiderschrank, der den Anschein macht, als ob er schon mehrmals auseinandergenommen und wieder zusammengebaut worden wäre. Bei jedem Mal passten die Teile etwas weniger genau ineinander, wichen die Winkel mehr vom idealen rechten ab. Walter berührt den Schrank nicht, wagt es kaum, ihn anzuschauen, aus Angst, er könnte in seiner Anwesenheit auseinanderfallen. Aber nicht nur der Schrank, das ganze Zimmer, in das Kim ihn geführt hat, ist ihm nicht geheuer. Es ist ein Gästezimmer, denkt er, ein schmales Bett mit farbig gemusterter Bettwäsche, die vor vielen Jahren einmal modisch war, ein baufälliger Schrank, der mit Sicherheit zur Hälfte mit ausgemusterten, aber noch funktionstüchtigen Haushaltsgeräten und nicht mehr getragenen, aber noch guten Kleidern gefüllt ist, so sind Gästezimmer, und er wird hier schlafen, im Gästebett eines ihm nicht ganz, aber doch zu weiten Teilen fremden Menschen, der die Tagesschau des Schweizer Fernsehens verfolgt, um sicher zu gehen, dass keine journalistische Verzweiflungstat während des Sommerlochs ein Thema ins Bewusstsein der Menschen spült, zu dem sich seine Partei verhalten muss. Kim bringt ihm ein Handtuch ins Zimmer, zeigt ihm die Tücken des Fensters und wie es sich mit etwas Geschick und Kraft kippen oder ganz öffnen lässt. Walter tut so, als ob er zuhören würde. Sie entschuldigt sich dafür, dass sie es noch immer nicht geschafft habe, eine Nachttischlampe zu kaufen, und bevor sie das Zimmer verlässt, streicht sie noch einmal prüfend über die Bettdecke und zupft eine nur für sie sichtbare Flause vom Kissen.

Walter stellt sich ans Fenster und mustert die Nachbarschaft. Die umliegenden Häuser sehen alle gleich aus, eines wird zur Zierde von zwei ionischen Säulen aus Gips gestützt, ein anderes ist von einem Sandgarten mit Kakteen umgeben. Hier wollte er nicht hin, sein Ziel war Locarno, das hier ist Ascona. Auch wenn die beiden Gemeinden in den letzten Jahren zusammengewachsen sind, sich durch den Bau von Ferienhäusern angenähert haben, bleiben sie doch zwei, bleiben sie Locarno und Ascona. Dazwischen die Maggia, ein Fluss, der stetig versandet. Er vermisst sein Zimmer an der Piazza Grande, obwohl er nur einen Tag darin gewohnt hat.

– Das ist nicht möglich. Schaut euch das an!

Bochslers Stimme überschlägt sich.

– Komm! Jakob, komm runter!

Walter verlässt das Zimmer und sieht, während er die Treppe hinabsteigt, die fassungslosen Gesichter seiner Gastgeber, die in den Fernseher starren. Er stellt sich neben sie und braucht einen Moment, um zu begreifen, dass auf dem Fernsehschirm keine Slums in Bangladesh vom Monsun und auch keine Einfamilienhäuser in Florida von einem Tornado unterspült werden. Die Wassermassen pflügen sich durch ihm wohlbekannte Straßen. Es ist die Berner Matte, in der die Häuser nicht mehr auf festem Grund stehen, sondern von der Aare umspült werden. Walter glaubt nicht, was er sieht. Natürlich haben die

Meteorologen nach den anhaltenden Regenfällen in den letzten Tagen von möglichem Hochwasser gesprochen. Aber bei Hochwasser denkt Walter an Keller, die ausgepumpt werden müssen, an einen Bach, der über die Ufer tritt. Im Fernsehen aber werden Hubschrauber und Feuerwehrleute gezeigt, die an langen Seilen Menschen evakuieren. Das Wasser steht bis unter die Türrahmen von Geschäften und Wohnhäusern. So etwas gibt es in der Schweiz nicht, kann es nicht geben, im Land, das auf alle Eventualitäten vorbereitet ist, in dessen Kellern für den Ernstfall Gewehre lagern, in dem für jeden Einwohner ein Klappbett in einer Zivilschutzanlage bereitsteht und in dem an jeweils einem Mittwochnachmittag im Jahr sämtliche Alarmsirenen zum Test aufheulen.

– Dass die nicht ... Das ist doch ... Unglaublich ist das.

– Ihr wohnt aber nicht ...

Bochsler schüttelt den Kopf.

– Liebefeld. Und du?

– Breitenrain.

Die Kameras fangen Bilder eines Schulhausplatzes ein, auf dem das Wasser die Tischtennistische überflutet und an dessen Gitter unter dem alten Emailschild FUSSBALL SPIELEN VERBOTEN Äste, Fahrräder und anders Treibgut fest hängen. Das Bild ist nur für einen kurzen Moment zu sehen, dann schneidet die Fernsehregie wieder auf Feuerwehrmänner, Straßensperren und Evakuierungen. Walter möchte das Bild anhalten, er macht einen Schritt auf den Fernseher zu, er will den Schulhausplatz noch einmal sehen, das Gitter mit dem angeschwemmten Treibgut. Er will bestätigt haben, dass nicht wahr ist, was er gesehen hat, aber die Fernsehnachrichten laufen unbarmherzig weiter, und als Walter bleich auf den Boden sinkt, werden bereits Bilder aus Afrika gezeigt, wo ein Staatschef von zweifelhaftem Ruf in fröhlicher Farbenpracht seine Wiederwahl feiert.

– Geht es dir gut?

Kim kniet neben Walter und berührt ihn vorsichtig an der Schulter.

– Mein Kreislauf. Das kommt vor.

– Brauchst du –

Walter winkt ab und geht langsam die Treppe hinauf. Er weiß, dass er sich noch einmal umdrehen und sich den ratlosen Blicken seiner Gastgeber stellen muss, wenn er verhindern will, dass einer von beiden in wenigen Minuten im Gästezimmer steht, um sich nach ihm zu erkundigen.

– Ich lege mich hin. In einer viertel Stunde bin ich wieder auf den Beinen. Macht euch keine Sorgen.

Die Glühbirne im orangen Lampenschirm blendet ihn. An der Wand hängt das Holzkreuz. Walters Blick pendelt von einem Gegenstand zum anderen, und er lenkt sich mit der Überlegung ab, welchen er schrecklicher findet. Er muss das Bild loswerden, das sich auf seiner Netzhaut eingebrannt hat, obwohl er es unmöglich gesehen haben kann. Die Distanz der Kamera und die zusätzliche Unschärfe, die bei der Übertragung auf den Fernsehschirm entsteht, erlauben es nicht, einen Menschen zu erkennen, und doch glaubt er, unter dem Schild FUSSBALL SPIELEN VERBOTEN, ausgerechnet unter diesem alten Schild, Rolfs Körper gesehen zu haben. Mit dem Gesicht nach unten und von der Strömung gegen das Gitter des Schulhausplatzes gedrückt, liegt sein

Körper im Wasser, angeschwemmt wie ein Stück Holz. Nicht wie ein Stück Holz, denkt er, ein Stück Holz, das muss es gewesen sein, was er gesehen hat, oder einen Fetzen Stoff, einen Klumpen Dreck, aber nicht den toten Körper seines Freundes. Von der Helligkeit der Glühbirne hat er einen blinden, roten Fleck in der Mitte seines Sehfelds. Da, wo das Kreuz war, ist jetzt der Fleck an der Wand. Wenn er zeichnen gelernt hätte, könnte er mit wenigen Strichen skizzieren, wie Rolf im Wasser liegt. Die Knie leicht angewinkelt, die Hüfte geknickt, wie ein krummer Ast. Nicht wie ein Ast, ein Ast, versucht es Walter noch einmal, da fällt ihn die Übelkeit an, ohne dass er Zeit hat, darauf zu reagieren. Er springt auf und rennt ins Bad. Während er schon vor der Kloschüssel kauert, gibt er hinter sich der Tür mit dem Fuß einen Stoss. Das Abendessen schießt aus ihm heraus und macht einer großen Erleichterung Platz. Rolf ist nicht verschwunden, Rolf ist tot, auch wenn das, was er im Fernsehen gesehen hat, mit Sicherheit nicht Rolfs Körper gewesen ist. Er muss akzeptieren, dass Rolf verunglückt und in der Aare ertrunken ist, damit sein Leben nicht aus dem Tritt gerät. Es macht keinen Sinn weiter herumzuirren, er muss zurück nach Bern. Er wird Edith am Sonntagabend in ihrer gemeinsamen Wohnung empfangen. In Locarno hat er nichts verloren, er muss hin zu Rolf und nicht von ihm weg, auch wenn er tot ist, gerade weil er tot ist, muss er versuchen, ihm näherzukommen. Ruth hat ihm in ihrer Betrunkenheit nicht weiterhelfen können. Walter überlegt sich, was für gemeinsame Bekannte sie haben. Er geht die Stammgäste der Kneipe durch, aber abgesehen von zwei, drei Abkürzungen von

Vornamen, wie sie die Berner gerne verwenden, denen er keine Gesichter mehr zuordnen kann, fallen ihm keine Details ein, die es ihm erlauben würden, einen von ihnen ausfindig zu machen. Es muss jemanden geben, den sie gemeinsam kennen, Bern ist klein, von wem hat Rolf erzählt? Seine Tante hat eine Ferienwohnung in den Bündner Alpen, seine Eltern hat er nie erwähnt. Haben sie sich einmal an einem anderen Ort als an seiner Theke getroffen? Sind sie zusammen ausgegangen? Barbara, natürlich, das war lange her, Barbara vom Café Postgasse, das war lange vor Edith. Walter hat nach der Arbeit bei Rolf vorbeigeschaut. Er war der einzige Gast, und Rolf hat hinter ihm die Tür abgeschlossen.

– Ich habe mit mir selbst gewettet. Kennst du das Café Postgasse?

Rolf hat einen Zettel aus einer Schublade gezogen.

– Wenn Jakob als erster kommt, ist heute wegen Krankheit geschlossen. Komm mit.

In wenigen Minuten hat sich Rolf umgezogen, ein frisches Hemd, einen Sakko über die Jeans, schwarze Halbschuhe.

– Barbara macht den besten Wurstsalat der Stadt.

Im Café Postgasse sind die Tische weiß gedeckt, Politiker und Beamte treffen sich zu Moules et Frites, Musiker vom nahe gelegenen Konservatorium essen Wurstsalat, und Bewohner der Altstadt tauschen ihre Stube gerne gegen die Gemütlichkeit bei Barbara ein. Rolf kennt sie schon lange. Sie sind zusammen zur Schule gegangen. Später haben sie sich als Wirte auf dem Großmarkt und der Jahresversammlung des Wirteverbandes wieder getroffen. Walter ist nach seinem ersten Besuch mit Rolf auch mit Edith hin und wieder in der Postgasse essen gegangen. Das Lokal behagte beiden, es entsprach ihren Ansprüchen, ohne dass er sich darin unwohl fühlte.

– Fühlst du dich besser?

Walter kommt mit seiner Plastiktüte die Treppe hinunter. Er nimmt seine Jacke von der Garderobe.

– Wohin gehst du?

Er kann nicht schweigend aus dem Haus gehen, die Tür öffnen und davonlaufen, das geht nicht, er muss sich erklären. Bochsler kommt auf ihn zu und hält ihn besorgt am Arm, wie man einen alten Mann hält, wenn man ihm über die Straße hilft. Er will ihn nicht gehen lassen.

– Du siehst nicht gut aus.

Walter weiß, wie er aussieht, er hat sich im Bad das Gesicht gewaschen.

– Ich muss nach Hause.

– Du bleibst hier. Kim kocht dir einen Ingwertee, das bringt dich auf die Beine.

– Bitte, ich will euch nicht zur Last fallen. Wann fährt der nächste Zug?

Kim schaut auf die Uhr und unterbricht Bochsler, der protestieren will.

– Wenn du ihn nach Bellinzona fährst, schafft er den Zug, der noch vor Mitternacht in Bern ankommt.

Walter ist erleichtert, dass Kim erkennt, wie ernst es ihm ist. Bochsler hätte den Aufbruch so lange verzögert, bis er den letzten Zug nach Bern verpasst hätte.

– Los! Beeilt euch.

Im Auto schweigen sich die beiden Männer an. Walter will nichts sagen, weil er, sobald er anfängt zu sprechen, nicht um eine Erklärung für seinen überstürzten Abgang herumkommt, und Bochsler möchte gerne etwas sagen, er weiß aber nicht, wo er anfangen soll. Als er die Stille nicht mehr aushält, beginnt er wieder da, wo sie schon heute Nachmittag angefangen haben.

– Ich habe Meier nie gemocht, seine laute Art, die Geringschätzung, mit der er Kim begegnet ist. Er hat es mir übel genommen, dass ich sie ihm erst bei unserer Hochzeit vorgestellt habe. Nach Meiers Vorstellung werden zukünftige Ehefrauen schon früher ins Büroleben eingeführt. Aus seinem Nichtwissen hat er geschlossen, dass ich Kim in Thailand kennen gelernt habe.

Walter hat das auch gedacht, das haben alle gedacht auf dem Finanzamt. Er fühlt sich ertappt.

– Ich bin mit Kim nach Thailand geflogen, um ihre Familie zu besuchen. Sie lebt seit ihrer Geburt in der Schweiz. Sie ist die Tochter eines chinesischen Flüchtlings und einer Thailänderin. Ihr Vater war Gärtner der Chinesischen Botschaft in der Elfenau. Eines Morgens hat er heimlich die Koffer gepackt, anschließend hat er den Kiesweg gerecht wie jeden Tag, er hat die Fontänen des Wasserspiels durchgespült, er hat die Buchsbäume geschnitten, nach Feierabend aber hat er sich nicht mit einem Buch aufs Bett gelegt, sondern hat die Koffer genommen und ist durchs schwere, schmiedeeiserne Tor in die freie Schweiz geflüchtet. Den Behörden konnte er glaubhaft darlegen, dass er mit seiner Flucht der Rückberufung nach Peking und seiner Verhaftung zuvorgekommen ist. Das Pseudonym, unter dem er sein lyrisches Schaffen und die Artikel über den Westen veröffentlicht hatte, war einige Tage vor seiner Flucht aufgeflogen, nachdem die Büros der kleinen Zeitung, für die er in unregelmäßigen Abständen schrieb, durchsucht und geschlossen worden waren.

Walter erinnert sich, wie Meier sich beim Umtrunk, den Bochsler vor seiner Hochzeit ausgab, über Bochslers Thailandreise und die kurze Zeit später angesetzte Hochzeit lustig machte. Natürlich war er betrunken, aber Bochsler wusste so gut wie er, dass die Betrunkenheit Meier ehrlich machte wie ein Kind, er sprach aus, was er dachte. Bochsler hat sich nicht gewehrt. Walter sieht in seinen Zügen noch immer das traurige Gesicht, mit dem er an jenem Abend am Tisch saß.

– Meier hat das Foto in meiner Brieftasche gesehen und es als Beweis für seine Theorie genommen, dass ich nach Thailand gereist bin, um zu heiraten. Ich wusste damals noch nicht, dass ich nicht mehr lange unter ihm arbeiten würde.

– Lebt er noch, ihr Vater?

– Er ist vor zwei Jahren gestorben.

Sie schweigen wieder. Walter will keine Geschichte erfinden, die seinen Aufbruch erklärt, und den wahren Grund behält er lieber für sich. Er will nur weg, er will nach Bern, zurück zu Rolf. Dass er dafür vor Bochsler davonlaufen muss, tut ihm leid. Er möchte sich gerne erklären, dem schweigenden Bochsler einen Grund geben, weshalb er überstürzt aufbricht und das Angebot, sein Gästezimmer zu bewohnen, ausschlägt. Er schätzt Bochsler. Der Besuch bei ihm hat das Bild korrigiert, das er sich vom ehemaligen

Kollegen gemacht hat. Er läuft weder vor dem Kreuz an der Wand, noch vor dem Gasgrill davon. Er will Bochsler nicht enttäuschen, aber er hält es auch nicht aus, von ihm als Freund behandelt zu werden, solange die einzige Person, für die er diese Bezeichnung brauchen würde, verschwunden bleibt. Es ist die Wärme und Herzlichkeit, die er nicht erträgt, weil er sie nicht erwidern kann. Die weiche Matratze, die Kissen, die Daunendecke, sie alle haben das Nest, in das sich Walter bettet, nicht angenehmer gemacht. Er läuft davon, weil er keine Möglichkeit sieht, Bochsler verständlich zu machen, dass die Ursache seiner Flucht nicht in ihm, seiner Frau oder seinem Gästebett zu finden ist. Die Steine in seinem Rücken, die ihm ein ruhiges Liegen verunmöglichen, sind das Verschwinden von Rolf und die trübe, aufgewühlte Vergangenheit, wie er Meiers Kiefer gebrochen hat, wie er Edith kennen und lieben gelernt hat. Es ist seine, die eigene Geschichte, die Walter über den Kopf zu wachsen droht, das aber will er Bochsler, auch wenn er es könnte, nicht erklären.

– Hier sind wir. In fünf Minuten fährt dein Zug.

– Vielen Dank, Frank.

Bochsler winkt ab. Es sei ihm ein Vergnügen, das sagt er, und dass er es auch so meint, ist ihm anzusehen. Er hat sich gefreut, seinem ehemaligen Mitarbeiter zu begegnen und ihn in seinem Garten zu bewirten.

– Komm gut nach Hause. Grüße an Edith. Meldet euch doch mal.

Walter nickt. Ja, er wird sich melden, zumindest das, eine Einladung zum Essen bei ihnen, das ist er Bochsler schuldig.

Er ist kein bescheidener Mensch, während Walter sich ein Ticket nach Bern kauft, setzt sich dieser Gedanke in seinem Kopf fest. Er macht der Welt und sich selbst Zufriedenheit vor, weil er Unersättlichkeit verachtet, aber am Beispiel von Bochsler und Kim erkennt er, dass es ihn nach mehr verlangt. Seine Ehe, ein sicheres Einkommen und eine geräumigen Wohnung im Breitenrain genügen ihm nicht. Edith kauft teure Kleider und Möbelstücke. Sie bildet sich weiter und sucht den Kontakt zu Menschen, die auf der Gesellschaftsleiter über ihr stehen. Das ist es nicht, was Walter anstrebt. In ihm ist eine grundsätzlichere Unruhe. Diesmal hat es ihn nach Locarno und von da in Bochslers Garten verschlagen, vor fünf Jahren ist er nach Paris gefahren. Um diese Unruhe zu besänftigen, muss es ihm gelingen, das Bild des von Grund auf anspruchslosen Menschen wieder herzustellen, das ihm von allen Bildern, die er von sich hat, das liebste ist. Zusammen mit Rolf hat er an vielen Abenden Theorien entwickelt, wie eine größtmögliche Zufriedenheit zu erreichen ist. Anspruchslosigkeit war eine der Grundvoraussetzungen. Walter war der Ansicht, er könne von Rolfs Erfahrung als Fußballer profitieren. Obwohl Rolf erfolgreich war und erreichte, wovon viele Kinder träumten, wenn sie Runden um den Sportplatz drehten, hunderte von Bällen gegen die Mitte traten, gab es für Rolf keinen Grund zur Zufriedenheit. Er stieg mit dem FC Young Boys ab, später wurde er aus dem Kader ausgemustert. Aber auch mehr Erfolg, der Sprung ins Ausland, das Aufgebot für die Nationalmannschaft, hätte nicht mehr Zufriedenheit zur Folge gehabt, davon waren Rolf und Walter überzeugt. Ein ehrgeiziger Mensch konnte nicht zur Ruhe kommen. Ehrgeiz führte gezwungenermaßen zu Unzufriedenheit, und auf die Dauer war die Gefahr groß, dass daraus Verbitterung hervorging.

Die Erkenntnis, dass er mit dem Erreichten nicht zufrieden ist, beunruhigt Walter. Wenn es ihm nicht gelingen wird, die Unruhe in den Griff zu bekommen, wird er Edith am Sonntagabend nicht in die Arme schließen können. Er wünscht sich an Rolfs Theke. Er wünscht sich ein beruhigendes Wort und ein großes Bier. Ist es möglich, dass auch Rolf nicht zufrieden war, dass er deshalb verschwunden ist? Haben sie sich etwas vorgemacht? Gibt es Zufriedenheit nicht als dauerhaften Zustand, sondern nur als Folge eines erreichten Ziels? Vor Walter fällt die Theorie, die er gemeinsam mit Rolf entwickelt und verfeinert hat, wie ein Kartenhaus aus Bierdeckeln in sich zusammen. Er presst sich die Hände aufs Gesicht und versucht, seiner Gedanken Herr zu werden. Er muss sie in aller Ruhe zerlegen und einzeln durchgehen, nur so besteht die Möglichkeit, die alte Ordnung wieder herzustellen.

Er ist nach Locarno gefahren, weil ihn das Verschwinden von Rolf, sein Unfall, sein Tod erschüttert hat, und jetzt ist er schon am zweiten Abend dabei, die gemeinsamen Ideen zu verwerfen. Das darf nicht sein. Er braucht sein Leben nicht von Grund auf neu auszurichten. Die Überzeugung, dass Ehrgeiz in keinem Fall zu Zufriedenheit führt, ist richtig. Rolf ist nicht untergetaucht, um die Fußballmannschaft der Arabischen Emirate an die Weltmeisterschaftsendrunde zu führen oder um einen Gourmettempel in Südafrika zu eröffnen, er ist verschwunden, weil er in der Aare ertrunken ist. Worauf sich Walter konzentrieren muss, ist das Konstante, das Bleibende in seinem Leben, das ihm Edith seit fünf Jahren bietet.

Walter ist froh, dass sein Zug einfährt. Er will zurück. Vielleicht kann ihm Barbara helfen, vielleicht weiß sie Genaueres zu Rolfs Verschwinden, vielleicht ist er inzwischen gefunden worden. Es ist Samstagabend, und es bleiben ihm vierundzwanzig Stunden, bis Edith nach Hause kommt, vierundzwanzig Stunden, um sein Leben wieder in geregelte Bahnen zu lenken.

IX

Walter sitzt im Zug und hat gerade den Gotthard und damit auch das trockene Wetter hinter sich gelassen, als er zum ersten Mal niest. Er hat schon am Morgen beim Aufwachen ein Kratzen im Hals gespürt und befürchtet, dass er sich nach seinem Sprung in die Aare erkältet hat. Er kennt nur ein Medikament, und das nimmt er bei jeglichen Beschwerden. Er glaubt an Aspirin, aber er findet keines. Seine Taschen sind abgesehen von der Autogrammkarte und dem Erstaugustabzeichen leer, nicht einmal ein Taschentuch. Er steht auf und geht zur Zugtoilette. Er wickelt sich dünnes und steifes WC-Papier um die Hand und steckt es ein.

Die Zugfahrt in den Norden dauert viel zu lang. Im Gegensatz zur Hinfahrt will Walter so schnell wie möglich ankommen, das Unterwegssein hat jeglichen Reiz verloren. Als er gestern den Zug bestiegen hatte, konnte er sich vorstellen, dass er von Locarno aus nach Italien weiterfahren würde. Einen ganzen Sonntag hätte er Zeit gehabt. Edith wird mit ihren Eltern essen und erst abends nach Hause kommen. Er hätte über Mailand, Domodossola und Brig zurück nach Bern fahren können. Mailand ist groß und nah. Walter glaubt, dass er gerne hingefahren wäre. Auf einen fremden Bahnhofsplatz hinaustreten, das gefällt ihm. Diese ersten, vorsichtigen Schritte in eine fremde Welt hinein machen und das Erstaunen darüber, wie selbstverständlich und sicher sich alle anderen in dieser fremden Welt bewegen. Er hätte sich für eine Straße entscheiden müssen, die er hinuntergeht, dann eine andere, eine Seitenstraße vielleicht, die von Händlern gesäumt und von Menschen besetzt wird, so dass es für die Autos kein Durchkommen gibt, oder eine enge Gasse, voll gehängt mit Wäsche, die Luft feucht und von den Duftstoffen der Waschmittel getränkt. Stattdessen fährt er zurück nach Bern, weil die Fernsehbilder der überschwemmten Stadt ihn aufgeschreckt haben, weil der Fluss, in dem vor ein paar Tagen Rolf verschwunden ist, sich anschickt, die Stadt zu untergraben, ihr Fundament auszuhöhlen, weil er Rolf finden muss.

Walter sitzt mit geschlossenen Augen auf seinem Sitz und spürt, wie sich die Krankheit in ihm ausbreitet. Das Kratzen im Hals ist in seine Brust hinuntergewandert, wo sich eine unangenehme, trockene Fiebrigkeit festsetzt, und es ist in den Rachen und die verzweigten Höhlen und Gänge von Nase, Stirn und Ohren hinaufgestiegen, wo es den Niesreiz auslöst und ihn das Pulsieren des Blutes im Takt seines Herzens spüren lässt. Wenn er Fieber bekommen würde, könnte er versuchen zu schlafen, allerdings wagt er es nicht, sich vorzustellen, was sich in seiner momentanen Verfassung in seinen Fieberträumen abspielen würde. Er überlegt sich, was er für seine Gesundheit unternehmen könnte. Weil es immer noch mehr als eine halbe Stunde dauert, bis der Zug in Olten einfahren wird, steht er auf und geht auf der Suche nach dem Bistrowagen durch den Zug. Ein Tee wird das dumpfe Pochen in seinen Stirnhöhlen lindern und die gereizte Nase beruhigen.

Nach dem Umsteigen in Olten fühlt sich Walter zunehmend schlechter. Der Tee hat nur kurzfristig geholfen, und obwohl das WC-Papier seine Nase zusätzlich reizt, kann er nicht darauf verzichten, weil seine Schleimhäute inzwischen ununterbrochen Rotz produzieren. Als angenehme Nebenerscheinung stellt Walter fest, dass die Krankheit nicht nur seinen Körper ermüdet, sondern immer mehr auch sein Denken bestimmt. Er tut sich selbst leid, dass er seinen ehemaligen Kollegen enttäuscht hat, verliert an Bedeutung. Vielleicht ist die Krankheit auch die Ursache dafür, dass er die Köstlichkeiten von Bochslers Grill nicht bei sich behalten konnte. Er horcht in sich hinein und versucht die verschiedenen Beschwerden einzeln zu benennen. Druck in den Stirnhöhlen, laufende, beißende und äußerlich gereizte Nase, kalte Füße, Appetitlosigkeit, Gliederschmerzen. Edith würde ihn unter die Decke stecken und nicht zur Arbeit gehen lassen. Er zieht sich die Jacke über den Oberkörper und legt den Kopf gegen die Scheibe.

Als er beim Einfahren in den Bahnhof Bern wieder erwacht, fühlt er sich etwas besser, obwohl er höchstens zehn Minuten geschlafen hat.

Das Treiben im Bahnhof unterscheidet sich nicht von dem an einem gewöhnlichen Samstag. Walter hat ein anderes Bern erwartet, eines, das den Bildern im Fernsehen entspricht, ein Bern im Ausnahmezustand oder zumindest in einer allgemeinen Aufregung. Die Aare ist über die Ufer getreten, in einem ganzen Stadtteil steht das Wasser mannshoch, und die Menschen scheint es nicht zu kümmern. Elegante Ehepaare treffen auf dem Bahnsteig der Vorortsbahnen ihre halbwüchsigen Kinder. Die Eltern kommen aus dem Theater und sind auf dem Nachhauseweg, die Kinder strömen in den Supermarkt, wo sie sich für die folgende Nacht mit Bier eindecken. In Gruppen stehen die Halbwüchsigen in der Bahnhofshalle und warten auf andere, die noch kommen, oder rufen solche an, die schon weitergezogen sind. Egal, zu welcher Zeit Walter durch den Bahnhof geht, es stehen immer solche Gruppen herum. Weil er die Einzelnen nicht voneinander unterscheiden kann, weiß er nicht, ob es immer die gleichen Gruppen sind, die den ganzen Abend im Bahnhof verbringen, oder ob sie sich abwechseln. Vermutlich sind es immer die gleichen Gruppen, aber nicht die gleichen Jugendlichen. Ein Kommen und Gehen von Einzelnen, ohne dass sich die Gruppe als Ganzes jemals auflöst.

Ungeachtet seiner Krankheit geht Walter durch den Regen hinunter zur Nideggbrücke. Bevor er Barbara im Café Postgasse besucht, will er mit eigenen Augen sehen, was der Fernseher in Locarno behauptet hat. Erst dann wird er glauben, dass die überfluteten Autos Tatsache sind. Schon von weitem sieht er eine Menschenreihe auf der Brücke stehen. Schaulustige drängen sich trotz der fortgeschrittenen Stunde ans Geländer. Walter ist erleichtert, dass er nicht der einzige ist, der die Wassermassen nicht fassen kann. Hier stehen sie, die Ungläubigen, die den Fernsehbildern misstrauen. Walter sucht sich einen freien Platz am Geländer. Unter ihm das neue Ufer der Aare, die Wellen schwappen auf der ansteigenden Straße gegen die Hauswände, die Pflastersteine bilden das Flussbett. Die Feuerwehr hat die Straße abgesperrt. Vereinzelt stehen verzweifelte Menschen herum, die fassungslos dahin starren, wo sie vor kurzem noch ihr Haus betreten oder ihr Auto geparkt haben. Was in ihnen wohl vorgeht, überlegt sich

Walter, wenn sie diese Wassermassen betrachten. Ob sie sich fragen, wo sie ihre Versicherungsunterlagen abgelegt haben oder wie lange es her ist, dass die Mahnung für die ausstehende Jahresprämie in ihrem Briefkasten lag. Walter ist nach der Explosion im Dachstock seines Hauses nicht auf die Idee gekommen, von seiner Versicherung, für die er Jahr für Jahr bezahlt, eine Leistung zu beanspruchen. Es war Edith, die ihn, nachdem er bei ihr eingezogen war, eine Liste aller verlorenen Gegenstände aufstellen ließ und das Schadensformular ausfüllte. Diese Menschen hier haben bestimmt auch andere Sorgen, denkt er, seine Befürchtungen galten unmittelbar nach der Explosion seiner Schildkröte, die in ihrer Schachtel im Kühlschrank, wo sie ihren Winterschlaf abhielt, von der ganzen Aufregung nichts mitbekommen hat. Die Kühlschranküberwinterung ist dank der genauen Temperaturkontrolle eine sichere Methode, eine Schildkröte durch den Winter zu bringen. Bei Edith hat Moritz sogar einen eigenen Kühlschrank im Keller bekommen, weil sie der Meinung war, dass in ihrem Kühlschrank neben den Lebensmitteln, ihren Kosmetikartikeln und den Filmen für ihre alte Spiegelreflexkamera nicht auch noch Platz für eine Schildkröte sei.

Walter schaut einem Feuerwehrmann zu, der einen Passanten zurechtweist. Er hat offenbar etwas Verbotenes oder zumindest nicht ausdrücklich Erlaubtes getan. Der Feuerwehrmann trägt die gleiche Heldenmiene auf dem Gesicht, die Walter schon damals vor seinem Haus geärgert hat, diese antrainierte Gelassenheit, die im Ausnahmezustand demonstriert wird und aus der irrtümlicherweise eine Überlegenheit abgeleitet wird. Walter löst sich aus der Menschenkette auf der Brücke und geht zurück in die Altstadt. Barbara wird ihr Restaurant bald schließen, er muss sich beeilen, wenn er sie noch antreffen will.

– Jakob, bist du's?

Von der Nydeggbrücke bis in die Postgasse ist es nicht weit. Kaum ist Walter zur Seitentür hereingekommen, steht Barbara vor ihm. Sie nimmt ihm die Jacke ab, hängt sie an die Garderobe und umarmt ihn. Walter ist irritiert, weil sie ihn bisher immer nur mit einem Händedruck begrüßt hat.

– Du bist spät. Wo ist Edith?

– Bei ihren Eltern.

Barbara macht einen Schritt zurück und mustert ihn.

– Du hast von Rolf gehört?

– Erst gestern. Ich stand vor der verschlossenen Tür, da habe ich Ruth getroffen.

– Wer ist Ruth?

– Gibt es etwas Neues?

– Er ist seit über einer Woche verschwunden.

– Nicht viel Hoffnung.

Barbara schüttelt den Kopf.

– Komm setz dich. Willst du etwas essen? Du siehst schlecht aus. Bist du krank?

Walter bittet um einen Tee, und Barbara bringt ihm einen ganzen Krug voll.

– Hausmischung. Hat bis jetzt jeden auf die Beine gebracht.

Walter ist froh, sitzt er bei Barbara am Tisch. Sie strahlt trotz ihren nervösen Fingern, die ständig an etwa kratzen oder reiben, eine angenehme Ruhe aus.

Ihre tiefe Stimme macht, dass sich die Anspannung in Walter schon nach wenigen Sätzen löst. Ihre kurzen, grauen Haare, die Entschiedenheit in ihrem Gesicht, das Lächeln, das nur selten aus ihren Mundwinkeln verschwindet. Barbara ist in ihrem Handeln nicht nur sicher, sie weiß auch, dass es richtig ist, was sie tut.

– Die Polizei ist zuversichtlich, Rolf in den nächsten Stunden zu finden. Das viele Wasser wirbelt alles auf. Auch einen Toten, der irgendwo festhängt.

– Wie hast du von Rolfs Verschwinden erfahren?

Barbara schaut Walter ungläubig an. Er ist verunsichert und überlegt sich, was an dieser Frage falsch ist.

– Anna ist meine beste Freundin. Sie wohnt bei mir, seit Rolf verschwunden ist.

Obwohl er befürchtet, dass die Frage noch größeren Unglauben auf Barbaras Gesicht zeichnet, kommt er nicht umhin, sich nach Anna zu erkundigen. Er kennt keine Anna, zumindest keine, die etwas mit Rolf zu tun hat und bei Barbara wohnen könnte.

– Er hat dir nie von Anna erzählt?

Walter schüttelt den Kopf.

– Wann hast du ihn das letzte Mal besucht?

Er versucht sich zu erinnern. Vor einem halben Jahr? Vor einem Jahr?

– Rolf hat vor knapp einem Jahr geheiratet. Anna ist seine Frau. Kannst du dir vorstellen, was sie durchmacht? Sie ist völlig am Ende. Nach einer Woche noch immer keine Gewissheit. Wenn das so weitergeht …

Barbara macht den Satz nicht fertig. Walter versucht sich genauer zu erinnern, wann er Rolf das letzte Mal gesehen hat. Es war Winter und Weihnachten vorbei, also lag sein Besuch etwa ein halbes Jahr zurück. Damals war Rolf bereits ein verheirateter Mann, und er hat ihm nichts davon erzählt. Er versucht vergeblich, sich Details ihrer letzten Begegnung ins Gedächtnis zu rufen. Sie hat sich nicht wesentlich von allen anderen Besuchen nach seinem Umzug in den Breitenrain unterschieden. Wenn er eine Veränderung an Rolf festgestellt hätte, würde er sich erinnern.

– Du fragst dich, weshalb Rolf dir nichts erzählt hat.

Barbara nimmt sich eine Tasse aus dem alten Küchenschrank, der ihr als Anrichte dient, und gießt sich vom Tee ein.

– Du kennst ihn. Er hat auch aus großen Ereignissen keine große Sache gemacht. Wahrscheinlich war er der Meinung, dass seine Frau und ihre Liebe nicht an eine schmutzige, bierfeuchte Theke gehören.

Barbara holt weiter aus und erzählt, wie Rolf seine Frau kennen gelernt hat.

– Ich habe gestaunt. Du hättest den gekämmten, parfümierten Rolf nicht wiedererkannt. Er hat neue Schuhe gekauft, seine Hemden gebügelt. Er war nicht einfach verliebt in Anna. Er war fest entschlossen, sie zu heiraten. Von allem Anfang an. Ich traue ihm zu, dass er das schon bei ihrer ersten Begegnung entschieden hat.

Walter hat sich noch nicht damit abgefunden, dass Rolf ihm nichts von seiner Heirat erzählt hat, immerhin war es Rolf, der als erster erfuhr, dass er und Edith heiraten würden. Natürlich verpflichtet das zu nichts, aber dass der einzige Mensch, den er als seinen Freund bezeichnet hat, ein solches Ereignis nicht für erwähnenswert hielt, stimmt ihn nachdenklich. Barbara sieht ihm die Trübsal an und setzt ihre Erzählung fort.

– Anna hat sich damals gerade von ihrem Freund getrennt und mir in der Küche geholfen, um sich abzulenken. Am Dienstagmorgen sind wir zusammen zum Großmarkt gefahren, und da stand Rolf auf dem Parkplatz. Ich werde nie vergessen, wie Anna aus dem kühlen, bedachten und kontrollierten Menschen mit einem Händedruck einen verlegenen, haspligen Schulbuben gemacht hat, der mit rotem Kopf an die Tafel tritt, wenn die Lehrerin ihn aufruft.

Barbara macht eine Pause, in der sie auf Walters Aufforderung zum Weitererzählen wartet. Dieser ist aber noch zu sehr mit sich und Rolf beschäftigt. Wenn er nicht an der Theke von seiner Frau erzählen wollte, hätte er ihn bitten können, nach Feierabend wiederzukommen, überlegt sich Walter. Das hat er nicht gemacht, also hat er es nicht für nötig gehalten, ihm davon zu berichten. Vermutlich hat er keinem seiner Gäste von seiner Liebe erzählt, sie war ihm zu kostbar. Er wollte sie seinen Stammgästen nicht in den Kopf setzen, und er tat vermutlich gut daran. Sie hätten keine Ruhe gegeben, bis er sie ihnen auch in Fleisch und Blut vorgesetzt hätte. Wenn es sich verhält, wie er vermutet, muss er sich damit abfinden, dass er in Rolfs Augen nichts weiter war als ein Gast. Barbara sieht Walter die Enttäuschung bei diesem Gedanken sofort an.

– Am nächsten Tag hat er mich angerufen. Er hat mich nie zuvor und auch danach nie mehr angerufen. Hast du ihn je am Telefon gehabt? Er hat nie jemanden angerufen. Vielleicht sind das überhaupt die zwei einzigen Nummern, die er in seinem Leben gewählt hat. Zuerst meine, dann diejenige von Anna.

Barbara kann sich vorstellen, welche Gedanken sich in Walters Kopf drehen, und versucht geschickt, eine Erklärung für Rolfs Verhalten in ihre Erzählung einzubauen.

– Er hat sie eingeladen, nein, nicht ins Kino, auch nicht ins Theater, zu einem Fußballspiel hat er sie eingeladen. Keine Ahnung, weshalb Anna die Einladung angenommen hat, wahrscheinlich war sie zu überrumpelt, um dankend abzulehnen. Wenn sich jemand nichts aus Fußball macht, ist es Anna.

Barbara gelingt es, Walter aus seiner Gedankenspirale zu befreien. Anna, die Frau, von der er bis heute nichts gewusst hat, interessiert ihn, er will wissen, wer sie ist.

– Anna ist Bühnenbildnerin am Stadttheater.

Mit dieser Bemerkung, wie nebenbei gesagt, hat Barbara Walters Aufmerksamkeit endgültig gewonnen. Wie kommt der Kneipenwirt Rolf dazu, eine Bühnenbildnerin zu heiraten? Was braucht es, damit sich eine Bühnenbildnerin in einen Fußballer im Ruhestand verliebt?

– Hat Anna … Ist sie in Rolfs Wohnung eingezogen?

Walter kann sich nicht vorstellen, dass Rolf mit einer Frau zusammenlebt. Er ist für drei Wochen bei Rolf untergekommen, und er rechnet es ihm heute noch hoch an, dass er ihn damals aufgenommen hat, aber eine Frau und für immer? Rolf war Junggeselle und Kneipenwirt. Walter kann ihn sich nicht als Ehemann und Mitbewohner vorstellen. Zu Walters Beruhigung schüttelt Barbara den Kopf.

– Anna wohnt in der Lorraine. Sie hat da eine kleine Dachwohnung.

– Und jetzt wohnt sie bei dir?

– Sie hat es allein zu Hause nicht ausgehalten. Da habe ich sie mit zu mir genommen.

Walter weiß nicht, wie er sich das Leben einer Bühnenbildnerin am Stadttheater vorzustellen hat, auf jeden Fall unterscheidet es sich deutlich vom Leben eines Bundesbeamten oder Kneipenwirtes, davon ist er überzeugt. Im Stadttheater war er bisher nur zweimal. Das erste Mal, als er noch zur Schule ging und ein Stück von Max Frisch gezeigt wurde, das sein Lehrer für wertvoll genug hielt, um einen Ausflug von Langenthal nach Bern zu machen. Das zweite Mal auf Ediths Wunsch. Walter erinnert sich nicht an den Titel des Stücks. Es passierte wenig, und er hat sich gelangweilt. Gegen Ende des Stücks hat er sich nur noch auf den offenen Schnürsenkel des Hauptdarstellers konzentrieren können. Dieser sprang aus dem Bett und schlüpfte eilig in seine Schuhe. Den rechten Schuh hat er überhastet zugebunden. Einmal schon ist seine weibliche Gegenspielerin fast auf den Schnürsenkel getreten, als er sich wütend von ihr abwandte. Er selbst bemerkte nicht, dass er sich in Gefahr befand. Achtlos jagte er in wilder Aufregung auf der Bühne hin und her. Es schien nur eine Frage der Zeit, bis er stolperte, und Walter wartete darauf. Was, wenn er am Bühnenrand ins Straucheln geriete und den Zuschauern in der ersten Reihe in den Schoss fiele? Sie würden den Sturz als Teil der Inszenierung verstehen und sich entweder darüber freuen oder ärgern, dass die Zuschauer miteinbezogen wurden. Walter war bange beim Gedanken, dass der Schauspieler von der Bühne stürzte, sich den Kopf aufschlug und der Saal auflachte, statt dass ihm jemand zu Hilfe eilte. Der Schauspieler könnte unter dem Gelächter der Zuschauer dahinscheiden. Was wäre das für ein Moment, in dem die Zuschauer begreifen würden, dass sich der Schauspieler nicht mehr erhebt? Würden sie ihren Irrtum erkennen, wenn die entsetzte Schauspielerin von der Bühne springt und sich über ihren Kollegen beugt? Vermutlich würden die Zuschauer auch dieses Entsetzen noch als Bühnenhandlung annehmen. An welchem Punkt würden die Zuschauer den Abbruch der Inszenierung glauben? Die Abmachung war klar, die Schauspieler machten den Zuschauern etwas vor. Und dazu konnten auch Sanitäter in originalgetreuen Uniformen gehören, die den Hauptdarsteller bei Saallicht auf einer Bahre festbanden und aus dem Theater trugen. Ob das Publikum auch danach noch an den Spielregeln festhalten würde und erwartete, dass der Schauspieler zum Schlussapplaus erschien, während ein Chirurg im Operationssaal um dessen Leben kämpfte?

Das Türenschlagen einer Dame, die den Saal vor dem Ende des Stücks verließ, riss Walter aus seinen Phantasien. Im ersten Moment bezog er die Reaktion der Zuschauerin auf den offenen Schnürsenkel des Hauptdarstellers. Er brauchte einen Moment, um aus seinen Beobachtungen aufzutauchen und zu erkennen, dass sie über das Dargebotene als Ganzes erbost war und ihre Empörung öffentlich kundtat. Walter verstand weder sie noch die Gruppe junger Zuschauer, die sich am Ende des Stücks begeistert erhob und Bravo rief. In der Bar neben dem Theater hat

Edith versucht, mit ihm über das Gesehene zu diskutieren. Walter aber konnte nichts zu dieser Unterhaltung beitragen. Der Abend hatte ihn weder geärgert noch begeistert. Er war an ihm vorbeigegangen und hatte ihn nur dank dem Missgeschick des Hauptdarstellers beim hastigen Schuhbinden fesseln können. Vielleicht hat Anna dieses Bühnenbild entworfen, denkt Walter, er kann sich nur noch an eine steil ansteigende Fläche und das darin eingelassene Bett erinnern.

– Komm doch mit. Ich schließe gleich. Dann stelle ich dir Anna vor.

Walter zögert. Rolfs Frau, von der er bis heute nichts gewusst hat, dazu noch eine Bühnenbildnerin.

– Sie wird sich freuen, einen von Rolfs Freunden kennen zu lernen.

– Einen von seinen Gästen.

Barbara winkt ab.

– Du bist beleidigt, weil er dir nicht von ihr erzählt hat.

Ist er beleidigt? Kann er das überhaupt noch sein, nachdem Rolf verschwunden ist? Es rückt ihr Verhältnis ins rechte Licht. Sie haben sich, seit er mit Edith zusammenwohnte, nicht mehr als zwei-, dreimal im Jahr gesehen. Nur weil in Walter all die Erinnerungen an eine gemeinsame Zeit hochgekommen sind, nachdem er von Rolfs Verschwinden erfahren hatte, und er sich ihm deshalb nahe fühlt, bedeutet das nicht, dass er in Rolfs Alltag vor seinem Unfall eine Rolle gespielt hat.

Er wagt ihn immer noch nicht zu denken, den Tod. Verschwinden und Unfall sind die Worte, die er für sich braucht.

– Er ist tot, oder?

– Ich kann es nicht als Tatsache hinnehmen, so lange er nicht gefunden wird.

– Es gibt keine Hoffnung mehr.

– Ich glaube es erst, wenn ich ihn mit eigenen Augen gesehen habe.

X

Kurz nach eins hat Barbara die letzten Gäste, eine fröhlichen Geburtstagsfeier im kleinen Familienkreis, davon überzeugen können, dass es Zeit sei, nach Hause zu gehen. Die Jubilarin und ihr Mann, die zwei erwachsenen Kinder und eine schwangere Schwiegertochter verlassen vielmals dankend und das Essen lobend das Lokal. Es gibt intakte Familien, denkt Walter, Familien, die abgesehen von der geschwungenen Form der Nase auch den Humor teilen. Immer wieder versetzt ihn das Selbstverständliche in Erstaunen. Während er der ihm fremden Familienfröhlichkeit nachspürt, räumt Barbara die Gläser ab. Nach den letzten Handgriffen, dem Aufhängen des Lappens über dem Wasserhahn, dem Drehen und Abziehen des einzigen Schlüssels im alten Küchenschrank, dem Verstecken desselben in einer leeren Tasse, der Walter nicht ansieht, was sie von den vielen anderen in der Reihe unterscheidet, letzten Handgriffen, deren Ausführung anzumerken ist, dass es jeden Abend die gleichen sind, die den Feierabend einleiten, öffnet Barbara die Tür. Sie überlässt Walter den Vortritt und schließt hinter sich ab. Nach einem Kontrollblick durch die Scheibe gehen sie zusammen die Postgasse hinunter und biegen in den übernächsten Hauseingang ein. Wirte scheinen eine Vorliebe für Wohnungen in unmittelbarer Nähe ihrer Wirkungsstätte zu haben. Im engen Treppenhaus steigen sie in den dritten Stock hoch. Die Wohnungen im schmalen Altstadthaus sind klein. Sie bestehen nur aus einem Zimmer und einer Küche und gehen paarweise nach vorne und hinten vom Treppenhaus ab. Barbara hat beide Wohnungen im dritten Stock gemietet und die eine Küche zum Badezimmer umbauen lassen. Sie geht voran ins Wohnzimmer. Noch auf der Türschwelle dreht sie sich um und bedeutet Walter mit dem Finger auf den Lippen, ruhig zu sein. Anna liegt auf dem Sofa. Barbara beugt sich über sie und studiert ihren Atem und das Zucken ihrer Augenlider, um sich zu vergewissern, dass sie schläft, dann legt sie ihr ihre Jacke über die Schultern und bietet Walter den Sessel an.

– Sie hat so wenig geschlafen in den letzten Tagen. Lassen wir sie.

Mit der Entschuldigung, dass sie nach getaner Arbeit unter die Dusche müsse, verschwindet Barbara aus dem Wohnzimmer. Walter erschrickt, er hat nicht damit gerechnet, dass er allein mit Anna zurückgelassen wird. Was, wenn sie aufwacht? Sie schlägt die Augen auf, und ein Wildfremder sitzt im Sessel gegenüber. Er hört bereits ihren Schreckensschrei. Oder noch schlimmer: sie hält ihn in jener unschuldigen Übergangsphase zwischen Schlaf und Wachsein für Rolf. Eine irrtümliche Sekunde lang fällt die ganze Anspannung von ihr ab, und die letzte Woche war nur ein böser Traum. Für diesen Irrtum wird sie ihm in ihrer grenzenlosen Enttäuschung die Augen auskratzen. Er hält die Nähe zu dieser schlafenden Frau nicht aus. Schlafende Menschen sind ihm in jedem Fall zu intim. Er fühlt sich schon unangenehm berührt, wenn sein Gegenüber im Zugabteil einnickt. Im Gegensatz zum Zug aber ist er in Barbaras Wohnung allein mit der Schlafenden, und Anna hat nicht damit rechnen können, dass eine andere Person als ihre Freundin das Zimmer betritt, als sie sich aufs Sofa gelegt hat. Walter steht auf und verlässt das Zimmer. Er will die Treppe schon wieder hinabsteigen, da hält ihn Barbaras Stimme zurück. Die Wände des alten Hauses sind dünn und schlecht isoliert. Er versteht jedes Wort des Liedes, das sie unter der Dusche anstimmt, obwohl sie nur leise singt. Es ist ein trauriges, altes Volkslied, das er schon sehr lange nicht mehr gehört hat. Auf dem Treppenabsatz mit Barbaras Stimme im Ohr wird ihm bewusst, dass er gerade dabei ist, die Gastfreundschaft das zweite Mal am selben Tag mit Füßen zu treten. Im Gegensatz zu Bochslers Haus in Ascona, wo er die Herzlichkeit und Harmonie, die ihm entgegengebracht wurden, aufgrund des Ereignisses des vergangenen Tages nicht länger ausgehalten hat, hat er Barbara eben wegen dieses Ereignisses aufgesucht. Was macht er und wohin geht er, wenn er jetzt die Treppe hinabsteigt? Rolf geht ihm nach, egal wie viele Umwege er in Kauf nimmt, er wird seinen Freund nicht abhängen können. Er ist nach Bern zurückgefahren, um Gewissheit zu erlangen, Gewissheit über Rolf, und da gehört dessen Frau dazu, auch wenn sie schläft. Leise geht er zurück ins Wohnzimmer und setzt sich wieder auf den Sessel.

Wie begegnet man der Frau eines verschwundenen Menschen, den man früher seinen Freund genannt hat und der einem nichts von seiner Hochzeit erzählt hat? Vermutlich will sie ihn nicht sehen. Sie will niemanden sehen und schon gar nicht jemanden kennen lernen, den sie noch nie gesehen hat. Das Wissen, dass sie Bühnenbildnerin ist, macht es Walter auch nicht einfacher. Weder mit einer Mitarbeiterin des Stadttheaters noch mit der Frau eines verschwundenen Menschen hat er jemals zu tun gehabt. Er kann auf keinerlei Erfahrung zurückgreifen. Anna atmet mit einer Mischung aus Schnauben und Stöhnen aus und mit einem schmatzenden Geräusch wieder ein. Das Wort Witwe blitzt in Walters Kopf auf, er verdrängt es aber sogleich wieder. Abgesehen davon, dass es einen toten Rolf voraussetzt, passt es nicht zu dieser Frau, die vor ihm liegt und schläft. Er versucht vergeblich sich vorzustellen, was ihn erwartet, wenn sie erwacht. Er ist bereit, sich zu erklären, sich zu verteidigen. Er hat das Recht, hier zu sein, auch wenn Rolf ihm nichts von ihrer Hochzeit erzählt hat. Seine Sorge um ihn rechtfertigt seine Anwesenheit in diesem Zimmer. Barbara hat ihn eingeladen, deshalb sitzt er in diesem Sessel.

Die ersten Minuten, in denen Walter darauf wartet, dass Anna erwacht oder, was ihm lieber wäre, Barbara das Zimmer wieder betritt, betrachtet er einen Einrichtungsgegenstand nach dem anderen, er starrt an die Decke, und er zwingt sich durchs Fenster in den dunklen, sternenlosen Nachthimmel hinauszuschauen. Er vermeidet es, die Schlafende anzuschauen. Nach und nach bleibt sein Blick immer häufiger und länger auf Annas Gesicht ruhen. Das ist sie also, Rolfs Frau, und während er sie betrachtet, wird ihm klar, dass er ihr Unrecht tut. Seit Barbara sie erwähnt hat, sind seine Vorbehalte gegen sie gewachsen. Weil er Rolf nichts mehr anlasten kann, gibt er ihr die Schuld, dass er bis heute nichts von ihr gewusst hat. Dazu kommt ihr rätselhafter Beruf, den er nicht in die ihm vertraute Wirtschaftswelt von Produktion, Konsum und Verwaltung einordnen kann. Sein Argwohn gipfelt darin, dass er sich in der unangenehmen Situation wiederfindet, ihr zum ersten Mal zu begegnen, während sie schläft, was ihn dazu nötigt, Rechtfertigungen und Erklärungen bereitzuhalten. Die Frau aber, die auf dem Sofa schläft, entspricht nicht dem vagen Bild, das sich Walter von einer Künstlerin macht. Ihre feinen Gesichtszüge werden von dunklen Haaren umrahmt, aus denen spitze Ohren hervorschauen, die lange Nase lässt ihr Gesicht schmaler wirken. Wie sie da liegt und schläft, ist sie frei von jeglicher Ausgefallenheit. Sie könnte ebenso gut eine neue Mitarbeiterin sein, die ihm nächste Woche vorgestellt wird, denkt Walter, an ihrem Arbeitsplatz würde sie das eine und andere Foto aufhängen, hin und wieder würde sie auf dem Markt Blumen kaufen, und an der Kaffeetheke würde das Spekulieren über ihre Person nicht über das übliche Maß hinausgehen. Walter ist erstaunt, dass eine Bühnenbildnerin, die am Stadttheater arbeitet, als kaufmännische Angestellte bei der Bundesverwaltung durchgehen würde, und er fragt sich, ob sie beleidigt wäre oder erfreut, wenn er ihr das sagte. Langsam fällt das Unbehagen von ihm ab, vor dieser Frau wird er sich nicht rechtfertigen müssen, sie wird ihm nicht die Augen auskratzen, weil er sich in ihr Zimmer geschlichen hat.

Barbara öffnet die Tür und kommt erfrischt zurück ins Wohnzimmer. Ihr Auftreten weckt Anna, und Walter fühlt sich ertappt, weil er in die Betrachtung der schlafenden Frau versunken gewesen ist.

– Endlich hast du geschlafen. Anna, darf ich vorstellen, das ist Jakob.

Anna richtet sich auf und gähnt. Nachdem sie sich die Augen gerieben hat, schaut sie Walter neugierig an.

– Du bist also Jakob. Das freut mich, dich endlich kennen zu lernen. Rolf und du, ihr habt ja einiges zusammen durchgemacht.

Er weiß nicht, was er antworten soll. Er hat keine Ahnung, worauf Anna anspielt.

– Das war doch deine Wohnung? Und die Schildkröte in der Zeitung. Rolf hat mir das Foto gezeigt.

Anna lacht, und Walter stimmt dankbar ein. Moritz hat es tatsächlich in die Zeitung geschafft. Auf dem Foto, das nach der Gasexplosion im Lokalteil der Berner Zeitung abgedruckt worden ist, war ein Feuerwehrmann zu sehen, der mit jener Kartonschachtel in der Hand, in der Moritz seinen Winterschlaf hielt, die Leiter hinabstieg. Walter wundert sich, dass Rolf den Artikel all die Jahre aufbewahrt hat.

– Du warst nicht bei unserem Hochzeitsessen. Barbara hat sich selbst übertroffen.

Barbara lächelt stolz, und Walter merkt, dass Anna davon ausgeht, dass er von ihrer Ehe weiß. Sie gibt ihm damit ein Teil der Selbstverständlichkeit zurück, mit der er bis vor kurzem Rolfs Freund gewesen ist. Barbara macht keine Anstalten, Rolfs Verschwiegenheit zu erwähnen, und Walter nimmt die Herzlichkeit, die ihm als Rolfs Freund von dessen Frau entgegengebracht wird, dankbar an. Weshalb Rolf ihm nichts erzählt hat, ist eine Frage, mit der er sich zu einem späteren Zeitpunkt wieder wird beschäftigen müssen.

– Wie geht es ihr denn, deiner Schildkröte, wie heißt sie?

In Annas Augen haben sich bei der Erinnerung ans Hochzeitsessen Tränen angesammelt, und sie drohen überzulaufen. Barbara setzt sich zu ihr aufs Sofa, und Walter beeilt sich, ihren Themenwechsel aufzunehmen.

– Moritz geht es gut. Er genießt den Auslauf auf dem Balkon. Nur das Wetter gefällt ihm nicht. Er bevorzugt die Sonne.

Ihm ist sofort klar, dass er nicht die Wahrheit sagen kann. Er bringt nicht über die Lippen, dass Moritz an jenem Morgen, an dem Rolf verschwunden ist, tot unter dem Balkontisch lag. Es spielt auch keine Rolle, denkt er, Anna erkundigt sich nicht aus ehrlichem Interesse nach seiner Schildkröte, sondern weil sie das Gespräch in eine andere Richtung lenken will. Das schlechte Gewissen, das er hat, weil er Moritz' Schicksal verleugnet und zur Zerstreuung von Anna missbraucht, vergeht schnell wieder, weil Anna ihre Tränen nicht weiter zurückhalten kann. Es ist ihm, als mache sie damit seinen hilflosen Versuch, sie abzulenken, indem er seine Schildkröte wieder zum Leben erweckt, ungeschehen. Er ist froh, dass Barbara neben Anna sitzt und sie in die Arme nimmt. Barbaras Anwesenheit und ihr natürlicher Umgang mit der Trauer nehmen der Situation die Schwere und erlauben Walter aufzustehen und aus dem Taschentuchspender auf der Ablage zwei leichte, weiche Tüchlein zu zupfen. Eines für sich und seine kranke Nase und eines für Anna. Als sie zusammen in die Taschentücher schnäuzen, lächelt Anna ihn an. Walter überlegt sich, ob er ihr erklären muss, dass er krank ist. Er will ihr keine übertriebene Betroffenheit vorspielen und seine Trauer auf dieselbe Stufe mit der ihrigen stellen, da fällt ihm ein, dass Rolf auch für seine laufende Nase verantwortlich ist. Die Krankheit ist

Ausdruck seiner Trauer. Er hat sich erkältet, weil er in die Aare gesprungen ist, und er ist in die Aare gesprungen, weil Rolf darin verschwunden ist. Er erinnert sich an die Tränen, die ihm mit dem Wasser übers Gesicht gelaufen sind.

– Ich koche euch zwei einen Tee, sonst trocknet ihr mir noch aus.

Niemand hält ihm vor, dass aus seiner Nase nur unbedeutender Krankheitsrotz kommt. Es ist selbstverständlich, dass Tee für sie beide gekocht wird. Es gibt nicht einen beruhigenden, süßen Trauertee für Anna und einen bitteren Erkältungstee für ihn.

– Ich muss noch etwas essen, bevor ich mich hinlege. Wie geht es euch?

Anna schaut Walter an. Er zuckt mit den Schultern. Sein Magen ist leer.

– Ich glaube, Jakob ist hungrig, und mir können ein paar Bissen auch nicht schaden.

– Dich werde ich zum Essen zwingen.

Barbara droht mit einer Holzkelle aus der Küche, und Anna lacht. Die Stimmung in der Wohnung ist in einem instabilen Zustand und schwankt ständig zwischen Trauer und Heiterkeit. Und weil über Annas Gesicht auch jetzt noch, während sie lacht, Tränen laufen, unterscheiden sich die beiden Gemütslagen nicht voneinander. Das Lachen und das Weinen, beides ist Ausdruck der Trauer, die Stimmung im Zimmer ist eine heitere Traurigkeit oder eine traurige Heiterkeit, je nachdem ob das Lachen oder das Weinen vorherrscht.

Es dauert nicht lange, dann trägt Barbara eine dampfende Pfanne mit Rührei in die Stube, dazu gibt es Brot und Käse. Walter isst schnell. Er hat nichts mehr zu sich genommen, seit er in Locarno Bochslers Grillplatte von sich geben musste. Als er bemerkt, wie Anna nach drei Bissen lustlos im Teller stochert, schämt er sich für seinen ungehemmten Appetit. Anna bemerkt seinen Seitenblick.

– Weil einer ertrunken ist, brauchen die anderen nicht zu verhungern.

Nach einem Moment des Staunens darüber, wie genau Anna Rolfs Tonfall trifft, lachen alle drei befreit heraus. Das ist Rolf, er ist noch da, alles andere als verschwunden, auch wenn schon seit mehr als einer Woche jede Spur von ihm fehlt.

XI

– Er ist ein miserabler Schwimmer. Ein guter Wirt, aber geschwommen ist er wie ein Hund. Immer nahe am Untergehen. Strampeln, um den Kopf über Wasser zu halten. Ich habe nur einen Versuch unternommen, ihm wenigstens eine vernünftige Technik zum Brustschwimmen beizubringen.

Anna legt den Kopf an Walters Schulter. Barbara hat sich verabschiedet. Sie muss morgen um sieben auf dem Markt stehen. Walter hat sich ebenfalls erhoben, um nach Hause zu gehen, aber Anna hat ihn gebeten zu bleiben. Sie sei nicht gern allein, und schlafen könne sie ohnehin nicht. Sie hat ihn eingeladen, sich neben sie aufs Sofa zu setzen, und er hat angenommen. Während der ganzen Zeit, in der Barbara sich bereit fürs Bett gemacht hat, haben sie geschwiegen. Nachdem die Geräusche aus ihrem Zimmer verstummt waren, hat sich Anna erhoben und die Teller in die Küche getragen. Walter ist ihr gefolgt, und zusammen haben sie die Küche aufgeräumt. Immer noch ohne ein Wort zu sagen, hat Anna zwei Gläser mit Rotwein gefüllt und sich wieder aufs Sofa gesetzt. Walter hat jede ihrer Bewegungen aus den Augenwinkeln beobachtet. Beim ersten Glas wandert ihr Blick durchs Zimmer und sucht vergeblich Halt an den Gegenständen. Schon nach kurzem Verweilen geht er durch sie hindurch. Von Zeit zu Zeit kullerte ihr eine Träne über die Wange, die sie mit dem Ärmel so beiläufig abwischte, als ob sie nicht zu ihrem Unglück gehörte. Mit dem ersten Schluck vom zweiten Glas hat sie angefangen zu erzählen. Wie sie sich kennen gelernt haben und wie Rolf um sie gebuhlt hat. Wie er ihr schon nach drei Monaten einen Heiratsantrag gemacht hat, weil es keine andere gegeben habe und auch keine andere geben werde, so seine ebenso simple wie einleuchtende Begründung. Anna lachte, als sie erzählte, dass Rolf diesen Satz genau so verstanden haben wollte. Er neige nicht zu romantischem Firlefanz, aber in diesem Fall scheine er ihm angebracht, waren seine Worte. Wie hätte Anna, die im Theater schon einige Erfahrung mit romantischem Gebaren gesammelt hatte, da widerstehen sollen? Sie musste aber bald merken, dass Rolf es mit seiner Liebe mindestens so ernst meinte wie die zum Äußersten entschlossenen Prinzen und Bauerntöchter, die sich auf den von ihr eingerichteten Bühnen tummelten.

– Als miserabler Schwimmer hätte er sich nicht auf ein Duell mit der Aare einlassen sollen. Meine andere große Liebe. Ich hätte nicht gedacht, dass sie eifersüchtig ist.

Walter spürt die Wärme von Annas Kopf auf seiner Schulter. Es ist eine angenehme Wärme. Sie drängt sich nicht auf, wie es menschliche Wärme, die nicht vom eigenen Körper stammt, normalerweise tut. Walter bleibt in der Straßenbahn lieber stehen, als dass er sich auf den vorgewärmten Sitz eines Fremden setzt. Sogar Ediths Wärme hält er nur selten länger als ein paar Minuten aus. Nachts im Bett fängt er an zu schwitzen, wenn sie sich an seinen Rücken schmiegt oder ein Bein über seine legt. Mit Annas Kopf an seiner Schulter könnte er die Nacht verbringen, denkt er, obwohl ihr Haar nicht ganz frisch riecht.

– Ein dummer Irrtum. Die Aare hat gewonnen, aber wie soll ich sie jemals wieder lieben können?

Walter überlegt sich, ob es Anna hilft, dass sie auf der Bühne schon so viele Variationen von Tod und Trauer gesehen hat, er wagt es aber nicht, sie danach zu fragen, weil er Angst hat, sie könnte seine Frage als Zweifel an der Aufrichtigkeit ihrer Gefühle missverstehen. An sich selbst hat er schon mehrfach beobachtet, wie er in unangenehmen Situationen in eine Rolle schlüpft. Vor noch nicht langer Zeit hat Edith von ihm verlangt, dass er sich beim Kellner beschwere, weil ihm ein falsches Gericht serviert wurde. Walter hätte es lieber gegessen, Ravioli mit Käse- statt Tortelloni mit Spargelfüllung, das war ihm egal, aber Edith meinte, er könne nicht alles auf sich sitzen lassen. Sie hat so lange insistiert, bis Walter nachgab. Für die Konfrontation mit dem Kellner hat er sich in die Rolle des verwöhnten, reichen Gastes versetzt, der nie zufrieden ist. Widerspruchslos brachte der Kellner ihm wenig später das richtige Gericht und strich sogar die Nachspeise von der Rechnung. Edith war zufrieden und, wie Walter auf ihrem Gesicht zu erkennen glaubte, sogar ein bisschen stolz auf den Widerling an ihrer Seite. Natürlich ist die Situation nicht mit der heutigen vergleichbar, dennoch kann Walter sich vorstellen, dass er Annas Situation nicht ohne die Hilfe einer Rolle aushalten würde. Der Part des Hinterbliebenen würde es ihm erlauben, alles von sich zu weisen. Er würde allein sein wollen und still vor sich hintrauern. Die echte Trauer und diejenige, die zur Rolle gehört, würden sich abwechseln. Vor vielen Jahren, er war fast noch ein Kind, hatte Walter ein ganzes Jahr lang den unglücklich Verliebten gegeben. Sein erster Versuch, ein Mädchen zu küssen, scheiterte kläglich. Daraufhin hat er die Rolle des untröstlichen Jünglings so gut gespielt, dass er mehrere Kilogramm abnahm und dutzende Seiten mit Tagebucheinträgen füllte, was er davor und danach nie mehr gemacht hat. Er trieb das Spiel so weit, dass seine Mutter ihn beim Arzt anmeldete, weil sie sich ernstlich Sorgen machte. Walter ist froh, dass Anna nichts von einem Spiel anzumerken ist. Falls sie doch spielt, erfüllt sie ihre Rolle so gut, dass er nichts davon mitbekommt. Und die Rolle so gut zu spielen, dass sie nicht als solche zu erkennen ist, bedeutet, ganz und gar in ihr aufzugehen, ein Zustand, in dem sich gespielte nicht mehr von echter Trauer unterscheidet.

– Er hat den ganzen Tag so getan, als hätte er meinen Geburtstag vergessen, und abends hat er am Bühneneingang einen riesigen Strauss Rosen mit einem Einladungskärtchen abgegeben. Ich weiß bis heute nicht, ob er sich erst abends an den Geburtstag erinnerte oder ob alles von langer Hand geplant war.

Walter hätte Rolf nie zugetraut, dass er sich einer Frau hingeben könnte, dass er sich ernstlich und dauerhaft verliebte. Dass Rolf, den er nur als Kneipenwirt kannte, eine Frau auf Händen trug, ihr Rosen schickte und um ihre Hand anhielt, hat er sich nicht vorstellen können. Und doch erzählt Anna ohne Zweifel vom selben Rolf. Nicht in dem, was er getan hat, aber wie er es getan hat, erkennt Walter ihn wieder. Sein Umgang mit Anna ist vom gleichen Schalk, von jener Herzlichkeit geprägt, die Walter aus Rolfs Kneipe kennt. Er überlegt sich, weshalb er sich an Rolfs Seite keine Frau hat vorstellen können, ob es daran liegt, dass er nie von Frauen gesprochen hat. Sexualität war kein Thema an seiner Theke. Nicht diejenige von Gästen und schon gar nicht seine eigene. In den wenigen Fällen, in denen ein Gast von einer heißen Biene oder einem anderen Tier der männlichen Assoziationswelt berichtete, verstand er es geschickt, das Thema zu wechseln. Er sei am Sexualleben anderer nicht interessiert, war das einzige, was dazu aus seinem Mund zu vernehmen war.

Annas Kopf liegt noch immer auf Walters Schulter. Am schwachen Zittern ihres Körpers und ihrer unregelmäßigen Atmung merkt er, dass sie leise vor sich hin weint. Der natürliche Reflex, trösten zu wollen, bleibt schon lange aus. Das sich in unregelmäßigen Abständen wiederholende Weinen gehört zu dieser Nacht dazu wie das Schlagen der Uhr an der Wand, die jede vergangene halbe Stunde mit einem einzelnen Schlag verkündet, obwohl das Pendel unbewegt in der Mitte hängt. Barbara habe das Ticken nicht ausgehalten, hat Anna ihm erklärt, als die Uhr zur dritten vollen Stunde des neuen Tages geschlagen hat. Der Uhrmacher neben ihrem Restaurant habe das Werk so umgebaut, dass es auch ohne Pendel funktioniere. In wenigen Augenblicken wird die Uhr halb fünf schlagen. Das Sofa ist endgültig zur Bleibe für diese Nacht geworden. Walter verbringt sie mit der Frau seines verschwundenen Freundes, und es ist nichts Störendes an diesem Gedanken. Weder ihr Kopf auf seiner Schulter noch seine rechte Hand, die sie von Zeit zu Zeit zwischen ihre nimmt, ist mehr als der Ausdruck einer großen Vertrautheit, die ihren Ursprung in einer gemeinsamen Angst vor der Gewissheit hat, die in unmittelbarer Zukunft über sie hereinbrechen wird.

Momentan befinden sie sich in einer unbestimmten Zwischenzeit, in der Lücke zwischen davor und danach. Das Leben mit Rolf ist vorbei, und das Leben ohne Rolf hat noch nicht angefangen. Walter versucht sich vorzustellen, wie das sein wird, wenn das Telefon klingelt und Anna in die städtische Leichenhalle gebeten wird, um den toten Körper von Rolf zu identifizieren. Er möchte nicht, dass das Telefon klingelt, er wünscht sich, dass dieses Telefon nie mehr klingeln würde, und er erschrickt über seinen Wunsch, denn er bedeutet, dass die Ungewissheit andauern würde. Er genießt es, mit Anna auf dem Sofa zu sitzen, und gleichzeitig weiß er, dass er es nicht genießen darf, weil die letzte Woche die schlimmste in Annas Leben war. Seine Anwesenheit ist eine Abwechslung und Ablenkung in ihrem Leiden, aber auch er kann ihr nichts von der Marter der Ungewissheit abnehmen. Sobald das Telefon klingelt, ist Anna verwitwet, das ist ein Unglück, aber es wird auch eine große Erleichterung sein. Er darf sich nicht wünschen, sie in dieser Lücke festzuhalten, nur weil er sich darin wohl fühlt. Walter wird sich bewusst, dass er auf Barbaras Sofa jene Geborgenheit wiedergefunden hat, die er in den letzten Jahren vermisst hat. Er hat Edith geheiratet. Er ist bei ihr eingezogen, und sie hat dafür gesorgt, dass er sich schon am ersten Tag zu Hause fühlte, aber die Geborgenheit von Rolf und seiner Kneipe hat sie ihm nicht ersetzen können. Es ist nicht die Wärme von Annas Kopf auf seiner Schulter oder die Zärtlichkeit, mit der sie seine Hand hält. Es ist die Selbstverständlichkeit, mit der er angenommen wird, die Ruhe und Zufriedenheit, die er bei Rolf gefunden hat und die, selbst in einer solchen Nacht, auch von Anna ausgehen. Rolf war nie angestrengt, manchmal hat er sich aufgeregt und sich anschließend über sich selbst geärgert, aber er war immer ehrlich. Edith ist hin und wieder anzumerken, wie sie ihm etwas vorspielt, gute Laune oder übermütige Verliebtheit, und das hat er nie ertragen, nur immer erduldet, weil er wusste, dass sie es gut meinte. Er machte das Spiel mit, weil er sie nicht enttäuschen wollte. Vielleicht hätte er Ediths Angebot damals ausschlagen und bei Rolf bleiben sollen, weiterhin auf jener Matratze im Zimmer mit der Sammlung von Videokassetten mit Aufzeichnungen der Spiele des FC Young Boys schlafen und auf dem Hocker an seiner Theke sitzen bleiben sollen. Aber er weiß, und er wusste es schon damals, dass dieser Zustand auf die Dauer nicht gut gewesen wäre. Er war ohne Arbeit, und so lange er bei Rolf wohnen geblieben wäre, hätte er auch keine gefunden. Das war der Nachteil der Geborgenheit, es war kein weiter Weg zur Trägheit. Edith hat ihn angespornt, sie hat mit ihm die Immatrikulationsformulare ausgefüllt, und als er sein Studium nach nur einem Jahr wieder aufgab, hat sie sich hingesetzt und seinen Lebenslauf geschrieben. Sie hat ihn dazu genötigt, die Stellenanzeigen zu studieren. Sie hat sich umgehört, hat nachgefragt und hat es mit ihrer bestimmten und gewinnenden Art schließlich geschafft, ihn in der eidgenössischen Steuerverwaltung unterzubringen.

Was Walter hier auf dem Sofa mit Anna genießt, wird ihm klar, ist nicht die momentane Situation, es sind Gefühle, die Jahre zurückliegen. Es ist die Nostalgie, die Erinnerung an eine vergangene Zeit, die ihn hoffen lässt, dass das Telefon nicht klingelt, dass er immer so sitzen bleiben kann.

Die Uhr schlägt fünf, als Anna aufsteht. Walter hat sie schon eine Weile schlafend geglaubt. Sie geht in die Küche und kommt mit einer neuen Flasche Wein zurück. Walters Sorge, die Geborgenheit könnte ein vorzeitiges Ende haben, ist unbegründet. Anna füllt ihre Gläser, setzt sich wieder neben Walter und legt ihren Kopf zurück auf die warme und von den Tränen feuchte Stelle auf seiner Schulter.

XII

Walter steht auf der Münsterplattform, unter ihm wütet noch immer die Aare, es ist Sonntagmorgen, kurz nach sieben, und es ist gekommen, wie er befürchtete und gleichzeitig hat hoffen müssen.

Kurz nachdem die Uhr sechs geschlagen hatte, klingelte das Telefon. Walter hat sich in der Nacht so oft vorgestellt, wie es klingeln würde, und doch zuckte er zusammen, als die schrille Melodie aus vier Tönen die Stille tatsächlich zerriss. Anna sprang vom Sofa auf und eilte zum Telefon, wo sie regungslos stehen blieb. Barbara kam aus dem Bad geeilt. Sie war es, die den Hörer abnahm und Anna weiterreichte. Alle wussten, dass ein Anruf um sechs Uhr morgens nur eine Bedeutung haben konnte. Anna hielt den Hörer ans Ohr gepresst und nickte dreimal. Nach weniger als einer Minute sagte sie einmal ja, wie um dem Anrufer ein Zeichen zu geben, dass sie verstanden hatte. Sie legte den Hörer auf und ließ sich auf einen Stuhl sinken. Barbara nahm die zitternde Anna in die Arme, und Walter wurde bewusst, dass die Geborgenheit zwischen ihm und Anna mit dem Telefonanruf zu Ende war, wie er es vorausgesehen hatte. Nichts war ihm in diesem Moment ferner, als diese Frau zu umarmen. Die Frau, die vor wenigen Augenblicken noch an seiner Schulter lehnte und seine Hand zwischen die ihren nahm, war ihm so fremd, wie sie es war, als er diesen Raum zum ersten Mal betreten hat. Eine halbe Stunde vor dem Anruf hat Anna nach einer längeren Weile, in der sie beide geschwiegen haben, gesagt, sie möchte ans Meer fahren, Rolf empfangen, und Walter hat sich ganz selbstverständlich neben ihr am Strand stehen sehen. Nun aber, nachdem das Telefon geklingelt hatte und Rolf gefunden worden war, wie es stockend aus Anna heraus brach, blieb Walter nichts anderes übrig, als ihr in Gedanken eine gute Reise zu wünschen. Er gehörte nicht an ihre Seite, hier nicht und schon gar nicht an der Mündung des Rheins in Rotterdam. Sie erzählte Barbara, dass ein Spaziergänger die Polizei gerufen hat, der mit seinem Hund am Ufer des Wohlensees unterwegs war. Am Wohlensee also, da wo die Aare sich sammelte und einen Moment verweilte, bevor sie weiterfloss und sich mit dem Rhein vereinte, ist Rolf, neun Tage nachdem er verschwunden war, geborgen worden. Ob der Hund den Menschen oder der Mensch den Hund dazu getrieben hat, morgens um fünf Uhr spazieren zu gehen, überlegte sich Walter noch, dann verabschiedete er sich von Barbara und Anna. Er winkte von der Tür aus, aber die beiden waren zu sehr mit sich selbst und der Planung des weiteren Vorgehens beschäftigt, als dass sie sich um ihn hätten kümmern können. Für ihn war mit dem Telefonanruf die vordringlichste Frage, ob sein Freund nur verschwunden oder tatsächlich tot war, beantwortet. Für Anna hingegen begann mit dieser Gewissheit das nächste Warten. Obwohl niemand davon ausging und nichts dafür sprach, dass Rolf seinem Leben freiwillig ein Ende gesetzt hatte, konnte sie erst sicher sein, wenn der Obduktionsbericht vorlag. Sie musste auf ein Herzversagen hoffen, auf eine mangelhaft funktionierende Klappe oder einen Infarkt, der zum Ertrinken ihres Mannes geführt hatte. Nur ein solcher Fehler des Körpers konnte sie davor bewahren, nach der Zerstörung des gegenwärtigen auch noch am vergangenen Glück zweifeln zu müssen. Barbara rief Walter nach, er solle vorbeikommen oder anrufen, dann verschwand er im Treppenhaus. Seither steht er auf der Münsterplattform und versucht zu begreifen, dass es nun so weit ist, dass sich die Lücke nicht in die Länge ziehen lässt. Das Leben ohne Rolf hat angefangen, und er weiß nicht, was das bedeutet, ein Leben ohne Rolf.

Über den Dächern der Matte kreist eine Möwe. Ein Tier, dem Walter in Bern noch nicht häufig begegnet ist. Sie passt ins Straßenbild, denkt er, die Hausfassaden, die unter ihm aus dem Wasser ragen, könnten ebenso gut in Venedig stehen. Die Möwe landet auf dem Dach des Münsters und wird da schon nach wenigen Augenblicken von drei Krähen aufgescheucht. So schnell geben sie ihr Hoheitsgebiet nicht auf. Die Krähen wissen, dass dieser Zustand kein dauerhafter ist. Die Meteorologen haben gestern schon von einer Wetterberuhigung gesprochen. Ein Jahrhunderthochwasser ist keine Sintflut. Vielleicht würde Walter heute Morgen in die Kirche gehen, um der Messe zu lauschen und zu beten, wenn er das nicht wüsste, wenn es keine Wissenschaftler gäbe, die auf Satellitenbildern kalte und warme Luftmassen beobachten und den Einfluss von Hoch- und Tiefdruckgebieten berechnen würden. Oder aber er würde auf die Krähen und ihren Gebietsanspruch vertrauen, ihr Hacken gegen die Möwe als Zeichen für den Rückgang des Hochwassers lesen. Er überlegt sich, ob er für Rolf eine Kerze anzünden soll und ob er, wenn er eine anzündet, dafür die verlangten Münzen in den Opferstock werfen soll. Er weiß nicht, ob

Rolf das wollen würde, dass für ihn eine Kerze angezündet wird, und ob es überhaupt noch wichtig ist, was Rolf wollen würde, oder ob Walter jetzt, im Leben nach Rolf, nur noch auf sich hören soll. Vermutlich ist es das, was Rolf wollen würde, dass er auf sich hört. Rolf gab keine Ratschläge, er drängte niemandem seine Sicht der Dinge auf. Wenn es nötig war, stellte er fragen, meistens beschränkte er sich aufs Zuhören. In Walter aber ist nichts, auf das er hören kann. Da ist nur eine große Leere, die er gerne füllen möchte. Es ist ihm egal, ob er sie mit einer Messe oder mit den Worten der Meteorologen füllt, wenn da nur wieder etwas in ihn hineinkommt, wenn diese Leere aufhört zu sein. Eine Leere kann nicht sein, denkt Walter, eine Leere ist nichts, und was nichts ist, kann nicht sein und ihn schon gar nicht quälen. Er stellt zu seinem Bedauern fest, dass auch dieser Gedanke nichts gegen den Hohlraum ausrichten kann, der mit dem Verschwinden von Rolfs Schalk, Annas Wärme und Barbaras Herzlichkeit entstanden ist. Er setzt sich auf die Mauer und lässt die Beine baumeln. Ein paar Meter unter ihm haben die Verantwortlichen der Stadt ein massives Netz aus Stahlseilen anbringen lassen. Bei den Brücken über die Aare haben sie sich mit Hinweistafeln auf die Telefonnummer der Dargebotenen Hand begnügt. Walter weiß nicht, ob er es tröstlich findet, dass er, wenn er die Leere nicht mehr aushalten würde, springen könnte, ohne die Konsequenzen tragen zu müssen. Auch gesteht er sich ein, dass er ohne das Netz nicht auf den Gedanken gekommen wäre, dass sein Sitzen auf der Mauer der erste Schritt zum Springen sein könnte. Die Frau, die ihm am Bahnhof den

Billettautomaten erklären wollte, fällt ihm ein. Walter hat sich immer gefragt, wer die Dienste dieser älteren Damen in Anspruch nimmt. Er konnte sich nicht vorstellen, dass sich ihnen irgendjemand anvertraute. Während er den im Netz hängen gebliebenen Einkaufswagen betrachtet, erkennt er, dass es kein Vertrauen braucht, dass es vollkommen genügt, dass sie da sind und ihre Hilfe anbieten. Würde sich eine jener Frauen neben ihn setzen, er würde ohne Zögern anfangen zu erzählen. Die Ereignisse der letzten Tage würden zusammenhanglos aus ihm heraussprudeln. Die Frau würde mitfühlend nicken, obwohl sie kein Wort verstünde von dem, was er sagt. Er würde ohne Atempausen und so schnell wie möglich sprechen, damit sie nicht dazu käme, auch nur ein Wort zu sagen. Schon nach einer viertel Stunde würde er sich bedeutend besser fühlen, denkt er, und er fragt sich, weshalb überall da, wo die Möglichkeit besteht, Einkaufswagen hinunterzuwerfen, Einkaufswagen hinuntergeworfen werden.

Es ist eine kleine Freude, dass Walter den Sinn und Zweck der freiwilligen Mitarbeiterinnen der Dargebotenen Hand erkannt hat, und sie hält nicht lange an. Dennoch ist er froh, dass er sich an die Frau erinnert, die ihn mit einem freundlichen Lächeln angesprochen hat. Sie hat ihn für einen kurzen Moment zerstreuen können. So wird er heute vorgehen, die Stunden, bis Edith von ihren Eltern zurückkommt, wird er auf diese Weise zubringen, er wird bescheidene Gedanken spinnen, sich an ihnen freuen und sich von allem ablenken lassen, was sich ihm anbietet.

Walter niest, und zwei der Krähen auf dem Dach des Münsters fliegen auf. Er erschrickt, weil er im ersten Moment an einen Zusammenhang zwischen dem Auffliegen der Krähen und seinem Niesen glaubt. Der Zufall hat ihm einen Streich gespielt. Die Krähen waren von seinem Niesen ebenso unbeeindruckt wie seine Schildkröte von Rolfs Tod. Walter möchte gerne die Todesanzeigen in den Zeitungen von letzter Woche durchsehen. Es würde ihn beruhigen zu lesen, dass am Freitag vor einer Woche auch abgesehen von Moritz und Rolf gestorben worden ist. Seine Zufallsvermutung würde bestärkt dadurch, dass er der Liste noch zwei, drei ihm gänzlich fremde Namen hinzufügen könnte. Er niest noch einmal. Die dritte Krähe bleibt unbeeindruckt sitzen. Im Leben ohne Rolf plagt ihn auch die Krankheit wieder, die sich während der Nacht höflich zurückgehalten hat. Walter schwingt die Beine über die Mauer und steht auf. Vielleicht wird es ihm mit zwei Aspirin gelingen einzuschlafen.

Auf dem Weg nach Hause kommt Walter am Zytgloggenturm vorbei. Auf der Straße unter dem Turm steht eine Gruppe asiatischer Touristen. Walter staunt, dass der erste Punkt auf ihrem Tagesprogramm so früh angesetzt ist. Zum ersten Mal, seit er in Bern lebt, bleibt er bei einer solchen Gruppe stehen und schaut sich das Glockenspiel an. Die Touristen fotografieren und filmen die Figuren eifrig und marschieren los, kaum dass der letzte Schlag verklungen ist. Diese Menschen wissen, was sie in Bern zu tun haben, denkt er. Der Gedanke, sich ihnen anzuschließen, ist verlockend. Falls sie ihn aufnehmen würden, wäre für den Rest des Sonntags für ihn gesorgt. Die Zielstrebigkeit in den Gesichtern der Touristen gefällt ihm. Sie kommen nach Bern, weil die

Altstadt zum Weltkulturerbe gehört oder weil sie auf das Jungfraujoch fahren wollen. Sie werfen den Bären im Bärengraben Rüben zu, folgen den Ausführungen einer Kunststudentin im Kleemuseum und fahren nach ein paar Stunden oder Tagen weiter. Walter hat auf die Frage, weshalb er in dieser Stadt lebt, noch keine Antwort gefunden, das führen ihm die Touristen mit aller Deutlichkeit vor Augen. Der Aufschub, den er sich in Locarno gewährt hat, hat seine Wirkung unter dem Zytgloggenturm verloren. Walter ist versucht, den Nachzügler, der noch ein Detail entdeckt hat, das er aufgelöst in elektronische Pixel nach Hause tragen will, aufzuhalten, um bestätigt zu bekommen, dass ein Durchreisender viel genauer weiß, weshalb er in Bern ist und was er von der Stadt erwartet, als all die Einwohner, die seit vielen Jahren hier leben. Weshalb machen sich Menschen mehr Gedanken über einen Ort, den sie für eine begrenzte und kurze Zeit besuchen als über denjenigen, in dem sie ihr Leben zubringen? Edith verwendet bei der Wahl eines Ferienziels Stunden darauf, Kataloge durchzublättern, um Walter danach in allen Details Vorzüge und Attraktionen der verschiedenen Länder und Städte präsentieren zu können, aber darüber, weshalb sie seit bald fünfzehn Jahren in Bern lebt, hat sie noch nie ein Wort verloren.

Die Straßenbahn Nummer neun fährt ein. Die Krankheit und die schlaflose Nacht haben Walters Wunsch nach Ruhe und Wärme, wenn er auch daran zweifelt, dass es ihm gelingen wird einzuschlafen, so groß werden lassen, dass er nicht mehr zu Fuß nach Hause gehen mag. Die Straßenbahn kommt wie gerufen, und es fällt Walter erst ein, dass er keine Fahrkarte gekauft hat, als er auf seinem Platz sitzt und der rote Billettautomat vor dem Fenster wie ein Warnsignal an ihm vorbeizieht. Während der Fahrt über die Kornhausbrücke überlegt er sich, ob er eine Buße riskieren soll. Auch bei den Billettkontrollen ist wie beim Sicherheitspersonal aufgerüstet worden. Es sind nicht mehr einzelne ältere Herren, die durch die Stadt fahren und lieber freundlich grüßen und jungen Müttern beim Einsteigen mit dem Kinderwagen helfen als Bußen ausstellen, sondern Gruppen von jungen Menschen in roten Jacken, die über Straßenbahnwaggons herfallen und innerhalb von Sekunden alle Ausgänge besetzen, damit kein Schwarzfahrer entkommt. Haben sie einen erwischt, kreisen sie ihn ein und lassen ihn nicht eher gehen, als er bezahlt oder einwandfrei hat nachweisen können, wer er ist und wo er wohnt. Falls ihnen Ausweispapiere und Geld verweigert werden, rufen sie ohne Zögern die Polizei zu Hilfe.

Auf der anderen Seite der Brücke hält die Straßenbahn beim Casino, und Walter steigt aus. Nach allem, was passiert ist, will er sich den gnadenlosen Kontrolleuren nicht schutzlos ausliefern. Sie sind darauf trainiert, kein Verständnis zu haben. Vor dem Casino hat sich eine Menschengruppe versammelt, und Walter wäre nicht erstaunt, wenn Herr Federer Autogramme verteilen würde.

Zehn Minuten später steht Walter vor seinem Haus. Er steigt die Treppe hoch, schließt die Tür auf und ist froh, seine Wohnung vorzufinden, wie er sie am Freitag verlassen hat. Es gibt sie noch, die unversehrte Welt seiner vier Wände, in denen er zu Hause ist. Er zieht die Schuhe aus und hängt die Jacke an die Garderobe. Die Packung mit Aspirin liegt genau da, wo er sie schon gefunden hat, als er vor fünf Jahren hier eingezogen ist. Er geht in die Küche, nimmt ein Glas aus dem Geschirrschrank und schluckt zwei Tabletten mit Wasser. Er stellt das Radio an und dreht die Lautstärke so weit zurück, dass er im Schlafzimmer nicht versteht, was gesprochen wird, aber ein beruhigendes Murmeln von Stimmen und Plätschern der Musik bis zu ihm durchdringt. Er schließt die Fensterläden, zieht sich aus, legt sich ins Bett und wartet auf die Wirkung der Tabletten. Noch ist er hellwach, und die lästige Klarheit in seinem Kopf wird nur vom Schleier der Erkältung überzogen.

Woher dieses Bedürfnis kommt wegzugehen, überlegt sich Walter, bei ihm, gerade bei ihm, der nie den Wunsch verspürt hat, die Welt und ihre fünf Kontinente zu bereisen, doch immer wieder dieses Wegfahren, nach Paris, nach Zürich, jetzt Locarno. Keine großen Reisen, aber immer steht an ihrem Anfang die Verlockung, einen Zug zu besteigen, sich wegzubewegen, fort von da, wo die anderen ihn erwarten. Im allgemeinen Sprachgebrauch haben sich die Menschen auf ein Wort geeinigt, das dieses Bedürfnis benennt: Urlaub. Dank dem alljährlich wiederkehrenden Urlaub funktioniert die Gesellschaft trotz des Dranges jedes einzelnen wegzugehen. Früher gab es Söldnerheere und Pilgerreisen, heute gibt es Urlaub.

Walter öffnet die Augen. Er betrachtet die drei Kabelenden, die aus der Decke ragen. Morgen wird er eine Lampe kaufen. Edith wird sich freuen. Sie hat sich schon oft über zu wenig Licht beklagt, aber von der einfachen Lösung einer Deckenlampe hat sie noch nie gesprochen. Zufrieden schließt Walter die Augen wieder. Die Aussicht, Edith eine Freude zu bereiten, macht ihn froh.

Urlaub ist eine gute Erfindung. Sie verhindert, dass Menschen verschwinden. Sie gibt ihnen die Möglichkeit, ihr Bedürfnis zu befriedigen, ohne dass ein radikaler Bruch nötig ist. Rolf hat nie Urlaub gemacht. Seine Kneipe blieb 365 Tage im Jahr geöffnet. Vielleicht ist er deshalb verschwunden, denkt Walter, er hat mit dem unterdrückten Bedürfnis wegzugehen nicht mehr umgehen können.

XIII

Der schrille Ton der Türklingel schallt nicht zum ersten Mal durch die Wohnung, als Walter begreift, was ihn aus dem Schlaf reißt. Benommen schlüpft er in die Hose und steht schon im Gang, als zusätzlich zur Klingel auch noch geklopft wird.

– Sag mal! Bald hätte ich die Polizei gerufen.

Moser steht vor der Tür.

– Das ist das dritte Mal, dass ich bei dir klingle. Am Freitag hab ich dir sagen wollen, dass wir unseren Ausflug an die Aare verschieben. Am Samstag hab ich mir gedacht, ich schau mal vorbei, weil du am Freitag nicht zu Hause warst. Wo hast du denn die ganze Zeit gesteckt?

– Krank.

– So siehst du aus. Habe ich dich geweckt?

Walter nickt und wartet auf eine Erklärung, weshalb Moser ihn aus dem Bett geklingelt hat.

– Das tut mir leid. Ich habe mich nur gewundert, wo du bleibst.

– Im Bett.

– Dann lasse ich dich weiterschlafen. Gute Besserung.

Walter schließt die Tür und hat sogleich ein schlechtes Gewissen. Er will Moser nicht abspeisen. Moser ist immer höflich und entgegenkommend. Er lädt ihn und Edith ein, er kümmert sich um ihre Nachbarschaft. Wenn sie wegfahren, gießt er ihre Pflanzen, Moritz war bei ihm in guten Händen. Er hat zusätzlich zum Mehl, das ihnen ausgegangen ist, auch immer ein freundliches Wort bereit. Wenn der

Kleine Geburtstag feiert, fällt für sie ein Stück Kuchen ab. Die Sorgen, die er sich gemacht hat, weil Walter auf sein Klingeln nicht reagierte, sind ehrlich und nicht Zeichen nachbarschaftlicher Neugier. Er öffnet die Tür noch einmal, aber Moser ist weg.

Walter schaut auf die Uhr. Er ist froh, dass es zwölf vorbei ist und er den halben Tag schlafend hinter sich gebracht hat. An ein Weiterschlafen ist nicht zu denken. Moser ist gegangen, und Rolfs Tod besetzt sofort wieder seinen Kopf. Inzwischen hat der Beamte in der Leichenhalle bestimmt den Reißverschluss aufgezogen. Walter möchte nicht wissen, wie Rolf aussieht. Anna hat ihm ins Gesicht schauen müssen, in das Gesicht eines toten Menschen, der neun Tage lang in der Aare lag. Und sie hat dem Beamten zumindest mit einem Nicken zu verstehen geben müssen, dass dieser Mensch ihr Mann ist. Sie kann die Aussage nicht verweigern. Egal, wie schlimm dieses Gesicht aussieht, das ist ihr Mann, damit muss sie leben, es führt kein Weg daran vorbei. Walter behält Rolf in Erinnerung, wie er an der Theke steht und einen Lappen auswringt oder ein Bier zapft. Anna muss sich diesem toten Körper stellen und damit nicht genug, sie muss ihn mit ihrer Unterschrift auch noch zu ihrem Mann machen. In Zukunft ist Anna nicht mehr mit dem lachenden Rolf verheiratet, der ihr Rosen schickt und möglicherweise ihren Geburtstag vergessen hat, sondern mit einer neun Tage alten Wasserleiche. Bei diesem Gedanken wird Walter so elend, dass er sich auf den Badewannenrand setzt und mehrere Minuten heult und schluchzt, wie er es seit seiner letzten großen Verzweiflung als Kind nicht mehr getan hat. Damals saß er, daran erinnert er sich noch, wenn auch nicht mehr an den Grund für sein Weinen, zwischen den Bäumen eines Wäldchens, in dem er sich an schulfreien Nachmittagen gerne aufhielt. Er weiß auch noch, wie ihm das Rauschen der Bäume im herbstlichen Wind und das Zwitschern der Vögel Trost gespendet haben, indem sie sich so gar nicht um seine Verzweiflung kümmerten. Im Badezimmer seiner Wohnung ist nichts, was ihn tröstet, nur der Wannenrand und die Handtuchstange, die ihm Halt geben. Langsam beruhigt er sich wieder, und während er die letzten Tränen abwischt, erinnert er sich langsam und mit jedem Detail an ein weiteres, wie man sich an Träume erinnert, dass ihm eben gerade, bevor es an der Tür geklingelt hat, auch schon Tränen übers Gesicht gelaufen sind. Er stand auf einer Anhöhe, betrachtete die Landschaft und weinte. Er weinte vor Schönheit. Er hat dieses Gefühl bis jetzt nicht gekannt, aber er erinnert sich ganz deutlich an die Rührung, die beim Anblick dieser Landschaft in ihm aufgestiegen ist, wie ihm die Tränen in die Augen schossen. Es war ein einzigartiges Gefühl, das ihn im Traum erfüllt hat. Vor Schönheit weinen, jetzt, wo der Traum immer deutlichere Konturen annimmt, kann er sich vorstellen, wie sich das anfühlt. Wenn er noch wüsste, wo er stand, als ihm die Tränen kamen, welcher Anblick diese bisher unbekannte Regung ausgelöst hat, er würde keine Zeit verlieren und sich auf den Weg machen, um das Gefühl zu erleben, das ihn im Traum so wohlig, schwer und süß überkommen hat. Zurückgeblieben aber ist nur die Erinnerung an das Aufwallen und Überlaufen der Rührung, wo er die Landschaft suchen müsste, die so etwas bewirken kann, weiß er nicht.

Walter dreht den Kaltwasserhahn auf und hält sich das Gesicht unters Wasser. Er weiß selten, was er träumt, und wenn doch, denkt er nicht darüber nach. Dieser Traum aber und die darauf folgenden Gedanken an Anna in der Leichenhalle, die sich zwischen den Traum und die Erinnerung daran geschoben haben, verwirren ihn. Ohne es zu wollen und vor allem ohne zu wissen, worin dieser bestehen könnte, stellt er den toten Rolf und den Traum in einen Zusammenhang. Er versucht, sich eine Deutung zurechtzulegen, aber er weiß, dass es ein vergeblicher Versuch ist, und lässt es deshalb bleiben.

In der Küche setzt er Wasser für einen Tee auf. Das Aspirin wirkt zwar, aber seine Nase ist vom vielen Schnäuzen ausgetrocknet und rot. Es dauert noch mindestens fünf Stunden, bis Edith zurückkommt, und bis dahin muss er sich beschäftigen, damit ihn die Bilder von Rolf nicht weiter quälen. Während er darauf wartet, dass das Wasser kocht, geht er durch die Wohnung. Im Wohnzimmer blinkt das rote Licht des Anrufbeantworters, zwei neue Nachrichten. Walter zögert. Der abwegige Gedanke, eine der Nachrichten könnte von Rolf sein, schießt ihm durch den Kopf. Theoretisch ist es möglich, dass Rolf erst heute Morgen ertrunken ist und ihm gestern oder vorgestern aufs Band gesprochen hat. Walter läuft ein kaltes Schaudern über den Rücken, und er drückt schnell die Abspieltaste, um seinem wirren Kopf die Verrücktheit seiner Idee zu beweisen. Die erste Nachricht beginnt mit einer Pause und einem Räuspern.

– Jakob. Hallo. Hier ist Frank. Frank Bochsler.

Bochsler findet nicht den gewünschten Einstieg, und auch als er weiterspricht, kommen die Sätze einzeln aus seinem Mund, als würde er sich jeden zuerst vorsagen und auf seine Tauglichkeit prüfen.

– Ich hoffe, es geht dir besser. Du bist so plötzlich abgereist. Vielleicht rufst du mal an, wenn du nach Hause kommst? Wir machen uns Sorgen. Ruf mich an, ja?

Nach der letzten Frage hängt er gleich auf, und Walter glaubt aus dem abrupten Unterbrechen der Verbindung die Erleichterung Bochslers herauszuhören, den unangenehmen Anruf hinter sich gebracht zu haben. Sie haben sich viele Jahre nicht gesehen, da ist es nicht an ihm, sich Sorgen zu machen, und doch hat ihm Walters überstürzter Aufbruch keine Ruhe gelassen. Er hat die Auskunft angerufen und sich seine Nummer geben lassen.

– Schon wieder ausgegangen. Ich habe Pech dieses Wochenende.

Auf Bochslers stockende Nachricht folgt Ediths fröhliche Stimme. Den ersten Teil des Satzes hat sie zu ihren Eltern gesagt, während sie von ihrer eigenen Stimme darum gebeten worden ist, eine Nachricht zu hinterlassen.

– Mutter geht es besser. Ich komme wie geplant, morgen gegen Abend. Ich wollte nur hören, was du so treibst. Bis dann, mein Lieber.

Walter geht zurück in die Küche und gießt das kochende Wasser in die Teetasse. Auf dem Fenstersims sitzt ein Spatz. Was es da zu picken gibt, überlegt sich Walter, und ob er Bochsler anrufen soll. Er könnte ihm alles erzählen, wie er am Freitagmorgen aufgestanden ist, wie er Ruth getroffen und von Rolfs Verschwinden erfahren hat. Dass seine Reise nach Locarno kein geplanter Wochenendausflug war, sondern nur der Versuch, einen Ausweg zu finden aus einer Situation, die ihn überforderte. Der Spatz setzt sich in den Blumentopf und wälzt sich in der Erde. Bochsler würde verstehen, dass er nicht darauf vorbereitet war, alte Bekannte zu treffen und mit ihnen im Garten zu sitzen. Und auch wenn Bochsler ihn nicht verstehen würde, gäbe er sich alle Mühe, sich nichts anmerken zu lassen. Nachdem Walter ihm alles erzählt hätte, könnte er ihn einladen, er und Kim kämen zu Besuch. Edith würde sich freuen. Sie würde ihre Kochbücher nach einem geeigneten Rezept durchforsten. Vielleicht könnte Bochsler sein Freund werden. Er würde ihn im Boxclub abholen und die letzten Minuten des Trainings neben dem alten Meister am Ring stehen, ihm zuhören, wie er auf seine Jungs einspricht, sie für Fortschritte lobt und zu noch härterem Training anspornt. Beim Bier danach würde Bochsler von seiner Arbeit im Parteisekretariat erzählen, wie er sich über einen geschickt platzierten Zeitungsartikel freute und über eine unbedachte Äußerung eines Exekutivmitglieds ärgerte. Früher oder später würde er Walter fragen, ob er Mitglied einer Partei sei und ob er sich vorstellen könnte, sich zu engagieren, seinen Teil zu einer verantwortungsvollen Gesellschaft beizutragen. Walter überlegt sich, wie er darauf reagieren würde, ob er die Hochglanzprospekte lesen würde, die Bochsler ihm mitgäbe. Ein zweiter Spatz landet auf dem Fensterbrett und vertreibt den ersten aus dem Blumentopf. Nervös sitzt er auf dem Rand und dreht den Kopf in alle Richtungen, um sicherzugehen, dass keine Gefahr droht. Walter wird Bochsler nicht anrufen, er wird ihm nichts erzählen und ihn auch nicht einladen, das weiß er, und es tut ihm leid. Wenn er ein anderer sein könnte, wäre er lieber der höfliche und umgängliche Walter, der Bochsler anruft und ihm erklärt, weshalb er so plötzlich abgereist ist.

Mit der Teetasse in der Hand geht er ins Wohnzimmer. Er setzt sich an den Esstisch und atmet den warmen Wasserdampf ein, der das Kratzen in seiner Nase lindert. Mit dem Finger zeichnet er die Holzmaserung der Tischplatte nach. Lange sitzt Walter da und macht nichts. In kleinen Schlucken trinkt er den heißen Tee und betrachtet das Wohnzimmer, das Sofa und das Tischchen davor. Er wartet darauf, dass etwas passiert. Das Buch, das Edith gerade liest, liegt aufgeklappt auf dem Tischchen. Eine angefangene Geschichte, denkt er, in Ediths Kopf ist der Anfang dieser Geschichte, und der Rest liegt hier im Wohnzimmer, wenn er das Buch nehmen und weiterlesen würde, hätte er Anteil daran, Anteil an der Geschichte, deren Anfang seine Frau bereits kennt. Im Buch bleibt die Geschichte als Ganzes erhalten, auch nachdem es ausgelesen und ins Regal gestellt worden ist. Sie ist dann nicht mehr nur im Buch, sondern auch in Ediths Kopf, in seinem Kopf, wenn er das Buch auch lesen würde. Die Geschichte in seinem wäre eine andere als diejenige in Ediths Kopf und eine dritte, die gedruckte Version würde im Regal stehen.

Rolfs Körper liegt aufgebahrt in der Leichenhalle und wartet auf die Obduktion. Walter hat ihn vor zehn Jahren, als er nach Bern gekommen ist, kennen gelernt. Anna ist ihm vor einem Jahr begegnet und Barbara viel früher schon, als sie noch Kinder waren, und heute ist Rolfs Geschichte zu Ende gegangen. Die Asche aus dem Krematorium wird in eine Urne gefüllt. Die Urne wird auf dem Friedhof zwischen die anderen in eine Nische gestellt. Jeder von ihnen hat eine andere Geschichte von Rolf im Kopf. Rolf hat sich verbreitet. Der Präsident des FC Young Boys Fanclubs erinnert sich an einen durchschnittlichen Verteidiger, der im Cup Halbfinal 1983 in der 92. Minute einen Strafstoß verschuldete. Im Lebensmittelinspektor schlummert irgendwo der Ärger über einen mürrischen, unrasierten und unfreundlichen Kerl, dem er nie etwas hat anhängen können. In Bern gibt es Rolfs Geschichte hundertfach, und es gibt sie nicht nur in Bern. Es gibt auch Menschen, die Rolf kennen gelernt und später ihr Hab und Gut zusammengepackt haben, umgezogen sind. Sie haben Schiffe bestiegen und sind über Meere gefahren. Einer der Kurden, die am ersten Mai Flugblätter mit kommunistischen Aufrufen zur Weltrevolution verteilten und die sich jeden Dientag in Rolfs Kneipe trafen, reist zurück in seine Heimat und eröffnet einen Barbiershop in Istanbul. Der Gedanke an die Masse der Menschen, die irgendwann einmal, zufällig, weil die Blase drückte, oder in wöchentlicher oder täglicher Regelmäßigkeit an Rolfs Theke standen und einen Teil von ihm nun in sich tragen, tröstet Walter. Er hat in Locarno ein Hemd vom Großvater des Gescheitelten mitgenommen, er hat ein Buch eingepackt, wahllos eines aus dem Regal genommen. Das Hemd und das Buch sind in seinen Besitz übergegangen, sie liegen im Gang neben seinen Schuhen, und damit ist er ein kleiner, ein verschwindend kleiner Teil vom Vermächtnis jenes Menschen geworden, der in diesem Zimmer in Locarno gewohnt hat. Er ist ein wesentlich größerer Teil von Rolfs Vermächtnis, und das freut ihn.

Walter steht auf, nimmt Ediths Buch vom Tischchen, klappt es zu und stellt es ins Regal. In der Küche nimmt er das Plastikgeschirr mit dem Nudelauflauf aus dem Kühlschrank. Er kratzt die alten Speiseresten in den Müll, bindet den Sack zu und ersetzt ihn durch einen neuen. Das Plastikgeschirr füllt er mit Wasser und gibt ein paar Tropfen Spülmittel hinzu. Den Rotwein aus der angefangenen Flasche vom Donnerstag kippt er in den Ausguss. Er zieht eine Pizzaschachtel aus dem Altpapierständer und legt sie oben auf den Stapel. Nachdem er die Zeitung vom Samstag aus dem Briefkasten geholt hat, setzt er sich an den Küchentisch und blättert sie langsam von der Front bis zur letzten Seite durch, ohne eines der Worte oder Bilder, mit denen die Seiten bedruckt sind, aufzunehmen. Er imitiert das Zeitungslesen. Es braucht keine Anstrengung, die allmorgendliche Übung erlaubt es ihm, die Handlungen eines Zeitungslesers auszuführen, ohne dass er sich die Abfolge der Bewegungen überlegen muss. Sein Blick wandert Seite für Seite von oben links nach unten rechts. Er feuchtet mit der Zunge vor jedem Umblättern den Zeigefinger und den Daumen der linken Hand an. Auf der letzten Seite angekommen, faltet er die Zeitung wieder zusammen und legt sie zum Altpapier. Er nimmt ein Glas, füllt es mit Wasser, trinkt einen Schluck, kippt den Rest aus und stellt es ins Spülbecken. Aus dem Küchenschrank nimmt er die Bratpfanne und stellt sie ins Abtropfgitter. Walter geht ins Schlafzimmer, wo er das Fenster öffnet und die Tür hinter sich schließt. Er nimmt die getrockneten Kleider von der Stange im Bad und legt sie in die Truhe mit der dreckigen Wäsche. Er nimmt das

Hemd und das Buch aus Locarno aus der Tüte. Das Hemd ist alt und verwaschen, es fehlen ihm mehrere Knöpfe. An seinem angestammten Platz im Schrank hat es wesentlich besser ausgesehen als hier im unerbittlichen Licht unter der Lampe im Gang. Das Buch ist italienisch, Senilità von Italo Svevo, er klappt es auf und versteht kein Wort. Er zögert einen Moment, dann stopft er das Hemd zurück in die Tüte, er knöpft den Müllsack noch einmal auf und wirft das Hemd weg. Das Buch gefällt ihm, es riecht alt und trocken. Er legt es in seine Umhängetasche. Im Wohnzimmer löscht er Bochslers Nachricht vom Anrufbeantworter. Er legt sich aufs Sofa und stopft sich ein Kissen in den Nacken. Er blättert in der Fernsehzeitschrift weiter bis zum Sonntag und legt sie zurück aufs Tischchen, dann steht er auf und setzt sich zurück an den Esstisch. Er faltet die Hände und wartet. Er wartet darauf, dass Edith nach Hause kommt.

XIV

Obwohl er Edith lange genug kennt und er lange genug am Esstisch gesessen hat, um sich eine genaue Vorstellung davon zu machen, wie Edith die Treppe hinaufsteigen, die Tür öffnen, hallo rufen, die Schuhe ausziehen, ins Wohnzimmer treten, ihn von hinten umarmen und auf die Wange küssen wird, erstaunt es ihn, dass Edith genauso die Tür öffnet, hallo ruft, die Schuhe auszieht, ins Wohnzimmer tritt, ihn von hinten umarmt und auf die Wange küsst, wie er es vorausgesehen hat. Es freut ihn, er lacht und dreht den Kopf. Edith gibt ihm einen zweiten Kuss, diesmal auf den Mund. Walter zieht den Kopf zurück, was Edith irritiert und sie zur ersten Frage führt. Nicht zu irgendeiner Frage, nein, zu genau jener Frage, die Walter in den letzten zwei Stunden am Esstisch für sie ausgesucht hat.

– Bist du krank?

Walter freut sich über diese drei simplen Worte und den ernsten und besorgten Blick seiner Frau. Er freut sich, dass sie ihm über den Kopf streicht, wie er gerne möchte, dass ihm über den Kopf gestrichen wird, weshalb er diese Frage für sie ausgesucht hat. Er freut sich, weil er weiß, dass der Rest des Abends, nachdem diese Frage gestellt worden ist, so ablaufen wird, wie er es sich in den letzten zwei Stunden ausgemalt hat.

Nachdem Walter die Wohnung hergerichtet hatte, wie Edith erwartete, sie nach dreitägiger Abwesenheit anzutreffen, ist er die Ereignisse der letzten Tage noch einmal durchgegangen. Schritt für Schritt, Stunde für Stunde hat er sich ins Gedächtnis gerufen, was er gemacht hat und was mit ihm gemacht worden ist. Erst als er wieder in der Gegenwart und seinem Sitzen am Esstisch angelangt war, hat er sich den kommenden Abend mit Ediths Rückkehr vorgenommen.

Er liebte Edith, er liebte sie für all das, was sie für ihn gemacht hatte und heute noch machte. Sie hielt sein Leben in Ordnung. Ihre Entschlossenheit gab ihm Sicherheit. Mit ihr musste er sich auf keine Überraschungen gefasst machen. Sie fasste Ziele ins Auge, die sie erreichte. Zögern und Zaudern waren ihr fremd. Es war keine bedingungslose Liebe, die sie verband, es war auch keine romantische Liebe, wie sie etwa Rolf und Anna erlebt hatten. Ihre Ehe beruhte darauf, dass beide wussten, was sie vom anderen erwarten durften. Es gab stille Vereinbarungen, die nicht in Frage gestellt wurden. Es war eine Liebe, wie sie Meier Bochsler unterstellt hatte, eine Zweckehe. Meier lag falsch, was Bochsler und Kim betraf, das war etwas ganz anderes als Walter und Edith. Die Liebe zwischen Bochsler und Kim war höchst romantisch. Dass sie so bescheiden und zufrieden daherkam, änderte nichts an der Tatsache, dass Kim die Tochter eines Regimeflüchtlings war, und eine Liebe mit einer solchen Vergangenheit war unmöglich mit Walter und Ediths Geschichte vergleichbar. Edith hat sich bemüht um Walter, sie hat die Gunst der Stunde, Walters Aussetzer in Meiers Büro und die Gasexplosion in seinem Haus, genutzt, und Walter hat dankbar angenommen, was sie ihm anbot. Dass am Anfang ihrer Geschichte weder ein loderndes Feuer brannte noch Leib und Leben in Gefahr waren, bedeutete nicht, dass sie sich weniger liebten. Im Gegenteil, Walter war überzeugt, dass er Edith nur liebte, weil er so genau wusste, was er an ihr hatte, weil sie sich vor fünf Jahren vor ihm ausgebreitet hatte wie der Junge in Locarno seine Schätze auf dem Tuch. Natürlich war nicht jeder Comicband in einwandfreiem Zustand. Es gab Modellautos, von denen die Farbe abblätterte. Aber Edith hat nichts geschönt, nichts vor Walter verborgen, sie wusste, was sie wert war und was sie wollte. Sie hat viel riskiert, indem sie den Faustschlag mit ihrer angeblichen Beziehung erklärte, aber die Weitsicht und der Pragmatismus, die ihr Handeln bestimmten, beeindruckten Walter und führten dazu, dass er bei ihr einzog und sie wenige Monate später heirateten.

Edith nimmt die Hand von Walters Kopf. Zärtlichkeit ist für sie kein Zustand von Dauer. Die Information, dass Walter krank ist, hat als erste Reaktion zwar das Über-den-Kopf-Streichen ausgelöst, nach wenigen Sekunden aber folgt der zweite Schritt, sie nimmt die Teetasse vom Tisch und geht in die Küche.

– Du hast die Nudeln aufgewärmt.

Er hört, wie Edith die Tasse ausspült, den Teekessel mit Wasser füllt und auf den Herd stellt.

– Und dir eine Pizza bestellt.

Edith verlässt die Küche wieder, sie betritt das Wohnzimmer aber länger nicht, als sie für die wenigen Schritte durch den Gang braucht. Er überlegt sich, was sie im Flur aufhalten könnte.

– Was ist mit deiner Jacke passiert? Die steht ja vor Dreck.

Walter stockt der Atem. Er räuspert sich und zählt still bis fünf, um seiner Antwort die Gelassenheit beizugeben, die sie braucht.

– Dreck? Keine Ahnung.

Edith gibt sich mit seiner Antwort zufrieden. Die Schlussfolgerung, dass die Jacke gereinigt werden muss, ist wichtiger als die Ursache des Schmutzes.

– Du hast ein Erstaugustabzeichen gekauft?

Walter erbleicht. Edith leert die Taschen seiner Jacke, damit es nicht vergessen wird, bevor sie in die Reinigung gebracht wird. Ans Abzeichen hat er nicht mehr gedacht. Er schluckt leer und schafft es gerade noch, sich zu fassen, bevor Edith mit der Jacke im Türrahmen zum Wohnzimmer steht.

– Zwei Mädchen. Sie sind von Tür zu Tür gegangen. Ich habe nicht nein sagen können.

Es ist Walter egal, dass Edith ihn auslacht.

– Was willst du mit einem Erstaugustabzeichen?

– Das ist doch für einen guten Zweck.

Er stimmt in ihr Lachen ein. Die Frage nach der Autogrammkarte von Herrn Federer vermag ihn nicht mehr zu erschüttern, er hat sie kommen sehen und pariert sie mit einem Büronachbarn, der letzte Woche einige davon in der Annahme, er bereite seinen Kollegen damit eine Freude, mitgebracht habe. Für das unbeschadete Überstehen seiner Unachtsamkeit mit dem Abzeichen und der Autogrammkarte nimmt Walter das vorwurfsvolle Kopfschütteln, das er für den Dreck auf seiner Jacke erntet, gerne hin.

– Bist du am Donnerstag in dieser Jacke zur Arbeit gegangen?

Er zuckt mit den Schultern, und Edith gibt einen verächtlichen Laut von sich. Einen Laut, der in Walters Ohren schönste Musik ist, weil er bedeutet, dass die Sache erledigt ist. Die Jacke wird gereinigt, das Abzeichen und die Autogrammkarte werden irgendwo hingelegt und angesteckt, wo sie die nächsten Monate bleiben und Staub ansetzen, bis sie vergessen sind und er sie wegwirft. Der Abend kann weitergehen wie geplant.

Edith setzt sich mit dem Teekrug und zwei Tassen zu Walter an den Tisch. Sie füllt die Tassen, schaut auf und fragt ihn, ob es Neuigkeiten gebe. Er schüttelt den Kopf.

– Ich nehme an, ihr habt die Bilder des Hochwassers auch gesehen.

– Warst du unten an der Aare?

– Ich bin nicht aus dem Haus gegangen.

Das ist das Stichwort, das Edith dankbar aufnimmt. Sie erzählt von ihrer kranken Mutter und von ihrem Vater, der langsam alt wird, was er angestellt und vergessen hat, und Walter schweift ab mit seinen Gedanken. Er nickt hin und wieder, führt die Tasse zum Mund und lacht, wenn Edith lacht. Das ist seine Frau, denkt er, hier gehört er hin. Bochsler hat Kim, Rolf hatte Anna, und er hat Edith. Er freut sich, dass die simple Ordnung seiner Welt wiederhergestellt ist. Nicht er wird Anna begleiten, wenn sie ans Meer fährt, den Strand entlangspaziert und von Rolf erzählt, sondern Barbara. Nicht er wird Bochsler im Rollstuhl über die Piazza Grande schieben, ihn mit der Zange in der Hand so nahe an den Grill fahren, dass er die Entrecôtes wenden kann, sondern Kim. Er wird weiterhin neben Edith auf dem Sofa sitzen und an Sonntagabenden darüber spekulieren, wer der Mörder ist. Er wird sie weiterhin betrachten, während sie liest, und den Moment spüren, in dem sie aufschaut, damit er kurz davor den Blick von ihr nehmen und in die Zeitung vertiefen kann. Sie wird vorschlagen, ins Kino zu gehen, und er wird einverstanden sein. Er wird Moser beim nächsten Zusammentreffen im Treppenhaus zum Essen einladen, und Edith wird sagen, dass sie das viel zu selten machten, wo sie doch Nachbarn seien.

Edith langt beim Ende ihrer Erzählung vom Elternbesuch an. Wenn sie ihn jetzt anlächelt und damit anfängt, ihn zu necken, lassen sie das Teegeschirr auf dem Tisch stehen, gehen ins Bett und schlafen miteinander. Wenn sie den Krug und die Tassen aber in die Küche räumt, über das Staubsaugen, Waschen und Bügeln bei ihren Eltern stöhnt und von einer Hundemüdigkeit spricht, die sie überkommt, nimmt Edith ihr Buch vom Tisch, geht ins Bett und schläft nach wenigen Seiten ein. Walter wird neben ihr liegen, die Augen schließen und ebenfalls einschlafen.

Am nächsten Morgen reißt ihn das Klingeln des Weckers aus seinem traumlosen Schlaf. Edith steigt aus dem Bett, fast nackt, aber noch ganz ohne Bewusstsein für ihren Körper. Er hört das Plätschern des Wassers aus der Dusche. Er schlägt die Decke zurück und setzt sich auf. Er zieht sich an und geht zum Briefkasten. Wenn er Moser auf der Treppe begegnet, grüsst er ihn, er ist aber noch zu verschlafen, um sich daran zu erinnern, dass er ihn zum Essen einladen wollte. In der Zeitung schauen sie sich die Bilder und Berichte über das Hochwasser an und schütteln die Köpfe. Edith verabschiedet sich. Walter räumt den Tisch ab, putzt die Zähne, zieht die Schuhe an und geht zur Arbeit, wie er jeden Montagmorgen zur Arbeit geht.

Die Meteorologen schreiben in der Zeitung von Aufhellungen im Verlauf des Tages und versprechen für den Nachmittag die ersten Sonnenstrahlen.